鑑賞
#佐佐木幸綱

谷岡亜紀
Aki Tanioka

本阿弥書店

鑑賞#佐佐木幸綱＊目次

I　鑑賞#佐佐木幸綱

Ⅱ　佐佐木幸綱の世界

Ⅲ　幸綱作品のバック・ボーン

装幀　おくむら秀樹

鑑賞#佐佐木幸綱

I

鑑賞#佐佐木幸綱

鑑賞 #佐佐木幸綱 ①

第一歌集『群黎』

『群黎』は一九七〇年十月一日、三十一歳で青土社から刊。「連作篇」と「一首独立篇」の箱入り二分冊で、装丁の加納光於は瀧口修造、大岡信、澁澤龍彦、横尾忠則らとの交流で知られる前衛美術家。解説「『群黎』に寄す」大岡信。タイトルの「群黎」は、集団、群衆、民衆という意味の漢語である。なお、刊行直前に、歌集の校正を見てもらっていた「早稲田短歌会」の先輩小野茂樹が、交通事故により急逝している。

『群黎』が刊行された一九七〇年とはどのような時代だったか。「七〇年安保」と呼ばれた学生運動が急速に衰退する一方、一部セクトによって闘争は地下化し、より先鋭化してゆく。その象徴が同年三月の赤軍派による「よど号ハイジャック事件」である。ベトナム戦争がいよいよ泥沼化する一方、国内では「高度経済成長」が加速し、大阪万博が開催された。そうした時代背景は、〈状況と個〉という歌集のテーマと直接的に響き合っている。それをよく示すのが、他でもない「群黎」というタイトルだった。

月下の獅子起て鋼《はがね》なす鬣《たてがみ》を乱せ乱せば原点の飢え

歌集巻頭の「動物園抄」より。この連作は上野動物園の檻の中の動物たちに取材しつつ、管理化が進む社会の中で本質的な自己実現を遂げられず、くすぶり続けている現代人を寓意的に描いた意欲作である。「動物園抄」が巻頭に置かれた理由はそこにある。

作品では「月下の獅子」というヒロイックなイメージが、逆に「本質」から隔たったその存在の疎外感を強調する。「起て」「乱せ」と切望しつつ、しかし作者はその究極の充実の不可能さを既に知っている。命令形のリフレインと「たて」「たてがみ」の押韻による力強いリズムが、空回りするしかない「志」を強く印象づける。それでも「飢え」という肉体性を最後の可能性に据える点に、作者の思想を見るべきだろう。

荒々しき心を朝の海とせよ海豹《あざらし》の自由いま夢の中

「動物園抄」掉尾に置かれた歌である。まず「荒々し」「朝」「海豹」の頭韻による前のめりのリズムに注目したい。特に「あらあらし」「あざらし」では頭韻だけではなく「らし」の脚韻も踏まれている。さらに「あさ」と「あざ」の相似形も歌の響きを強調する。またこの時期多用される命令形には「短歌とは他者への呼びかけである」という信念が込められる。夢の中の朝焼けの海においてのみ、辛くも実現される「海豹の自由」。それはそのまま現代人の「自由」の象徴でもある。〈出口なし〉の状況の困難さに対して、作者は、荒々しい「心」（イマジネーション）を最後の突破口とせよと歌う。

イルカ飛ぶジャック・ナイフの瞬間もあっけなし
吾は吾に永遠《とわ》に遠きや

「英雄」より。水族館での取材だろう。まずはリズムに注目したい。特に四句の大幅な字余りの効果である。三句までのゆったりとしたリズムは、ここでギアチェンジして一気につんのめり加速する。そのスピード感をまず押さえたい。「ジャック・ナイフ」という鋭利な比喩が示す通り、イルカのジャンプは、いわば肉体と精神との、また存在と本質との、究極の一致による充実を体現する。だがその栄光の瞬間もついに「あっけなし」。存在としての吾と本質としての吾とは、肉体と精神とは、永遠に相容れないのかと、作者は口惜しく自問する。作品の思想的な背後には実存主義があると思う。

ゆく秋の川びんびんと冷え緊まる夕岸を行き鎮《しず》め
がたきぞ

「信ぜよ、さらば……」より。「川」は多摩川だろう。その夕暮れの岸を、鎮めがたい昂ぶりを抱えて、ひたすら歩く（または走る）男。「ゆく秋の」とマクロの視野から歌い出して、フォーカスを徐々に絞り、最終的に一人の人間の存在をクローズアップする文体には、佐佐木信綱の「ゆく秋の大和の国の薬師寺の塔の上なる一ひらの雲」の影響がみられる。信綱の「大和の国」に対して、幸綱は東国の風土を対置し、その荒ぶる魂を印象づける。「びんびんと」というオノマトペが関東平野の晩秋の緊迫感を体感的に伝える。言葉の肉体性としてのオノマトペは、若き佐佐木幸綱の主張の一つだった。また「ゆく秋の」「夕岸」と頭韻を畳みかける形で導かれた「行く」という動詞は、いわば人間の(のみならず自然界の)能動の象徴として、作者が現在まで意識的に用い続けているキーワードの一つである。生々流転する季節の緊迫感と、風土を貫いて流れる川の進行形の気合いが、一人の人間の漲る思いを増幅し止まないのである。思えば季節も風土も時間も、そして人間も、すべて「行く」べく運命づけられた存在なのだった。

人間の一途の岐路に立ったれば「信ぜよ、さらば……」さらば吾が友

もう一首「信ぜよ、さらば……」より。三十七首からなるこの連作は、秀歌目白押しの意欲作である。そのタイトルとなった作。「信ぜよ、さらば救われん」は「求めよ、さらば与えられん」とともに、聖書ゆかりの言葉である。「立ったれば」の促音によるきっぱりとした言上げを受けた「信ぜよ、さらば……」の「……」に、自らの進路選択が正しいと迷いなく断言し切れない悔しさを読みたい。人生の大きな岐路にあって、その「一途さ」ゆえに信念を異にする友への、別れのエールであり、その呼びかけには「真幸くあらば」との祈りがこもる。「そうすれば…」という意の「さらば」が、リフレインによって意味を展開して、決別の辞となっている点がポイントである。

夏草のあい寝の浜の沖つ藻の靡きし妹と貴様を呼ばぬ

「俺の子供が欲しいなんていってたくせに! 馬鹿野郎!」より。「夏草の」「沖つ藻の」と二つの枕詞が使われ、さらに上句が序詞として「靡きし」を導く。「あい寝の浜」は伊予にある歌枕。全体としては柿本人麻呂の妻の死を嘆く長歌を踏まえ、万葉と現代の往還を企図する。一連は一九六三年のシンポジウムで「問題作」として注目を集めた。

世が世なら夜な夜な幽霊来つらんに寄席の帰りの夜更の屋台

「東京の若者達」より。「世」と「夜」のリフレインと、それを含めたヤ行音の頭韻に、「な」「に」「の」というナ行の押韻がオフビートで絡み、語呂合わせ、言葉遊びの歌として傑出しているが、それだけではない。寄席の余韻を味わう大川沿いの屋台も、いまやネオンに囲まれて、東京はもはや幽霊が棲み得る闇の豊かさを失ってしまった、という苦い文明批評の歌である。「来つらんに」が江戸の噺家の口舌を彷彿させる。

ハイパントあげ走りゆく吾の前青きジャージーの敵いるばかり

一首独立篇「群黎Ⅱ」より。ラグビーの試合中の歌である点に大きな特徴がある。そこには「行動する吾を」という若き幸綱の主張が、直接的に反映されている。大江健三郎、開高健、三島由紀夫、石原慎太郎らを代表として、直接行動と傍観の問題は、当時の文学の大きなテーマだった。短歌界では、それまでの写生、写実といった「見る」歌への返答として幸綱の行為・行動・肉体の歌はあり、それを代表するのがスポーツをしている渦中（見ている、ではなく）の歌だった。そうした「行為者」のみに許されたヒロイズムが、その栄光と不吉な予感が、この歌の下句にはよく示されている。

無頼たれ　されどワイシャツ脱ぐときのむざむざと満身創痍のひとり

「群黎Ⅱ」より。「むざむざと満身／創痍のひとり」という句跨りにリズムのアクセントがある。「無頼たれ」と自らに言い聞かせつつ、その代償として人知れず負わざるを得ない総身の傷を、自恃をもって直視する青春期の思いが歌われる。この歌をもって「無頼派歌人」としてのイメージが定着した、青春の記念碑的な作品である。

鑑賞 #佐佐木幸綱 ②

第二歌集『直立せよ一行の詩』（1）

『直立せよ一行の詩』は一九七二（昭和四七）年九月刊。版元は第一歌集『群黎』と同じ青土社。ちなみに佐佐木は最初の四冊の歌集をすべて、この青土社から出している。装幀は長尾信（高麗隆彦）。特筆すべきはこの第二歌集が『群黎』のわずか二年後に出されていることである。細かく見ると、七〇年十月『群黎』刊。翌年、同歌集で「現代歌人協会賞」を受賞。そして受賞の翌年の九月に、三十三歳で『直立せよ一行の詩』刊。しかも初出誌紙一覧によると、収録作品はほぼすべて『群黎』以後の二年余りの間に新たに作られたものである。なんともあわただしいが、それだけ気力が充実していた証だろう。勝負は今だ、という意気込みがよく伝わる。そして実際、この歌集によって佐佐木幸綱は歌壇での位置を不動のものにし、『直立せよ一行の詩』は佐佐木の前期を代表する記念碑的な歌集となった。作品を挙げてゆく。

竹に降る雨むらぎもの心冴えてながく勇気を思いいしなり

「未明の芯」より。歌集巻頭歌。まず目を引くのは「竹に降る／雨・むらぎもの」という初句から二句への句またがり（およびそれにともなう二句の句割れ）の、変則的なリズムである。結果、作品は二句の途中で唐突に切断される。それは、どこか俳句の「切れ」のダイナミズムを思わせる。「むらぎもの」は万葉由来の枕詞。「むらぎも（群肝）の」という内臓感覚をともなう枕詞が「心」に繋がる点に、作者の主張が端的に示されている。心を肉体として（あるいは肉体と一体のものとして）捉えるという思想がここにある。「肉体」は初期佐佐木幸綱のキーワードの一つである。下句は中村草田男の〈勇気こそ地の塩なれや梅真白〉を踏まえていると見るべきである。作者は高校で草田男の国語の授業を受け、その後も現代俳句に大きな示唆を受けて来た。草田男に立ちはだかった大いなる問いとしての「勇気」。その自問自答を引き継いで作者もまた、その問いの前に立つ。「勇気」を問うことは、自らの「卑怯」「怯懦」「恥」「嘘」を問い詰めることだった。「竹に降る雨」が、抑えがたい直情のイメージを映像的に伝える。歌集末尾の連作「明日あらば明日」には、巻頭のこの歌に呼応するように〈言ってみろ君の堕落の質を深さを五月雨《さみだれ》の日の誰に問うべき〉という作品が見える。

いま言わざれば言えぬ数々口腔に犇《ひし》めく時し土砂降りの雨

水にまつわるイメージで纏められた連作「水」より。初句の「いま言わざれば」という字余りの、つんのめるスピード感が、作者の心の切迫を伝える。「いま」「言わざれば」「言えぬ」というイ音の頭韻が、そのリズムを加速させている。作者の魂の昂ぶりに自然界が呼応する「土砂降りの雨」。幸綱歌における万葉的アニミズムの萌芽が、既にここに見られる。この歌から時を隔てて、第五歌集『反歌』において作者は〈われ二十歳、むかしの雨はいつもざんざざんざ土砂降り情の土砂降り〉と青春を振り返る。

夏雲の影地を這って移りゆく迅さ見ていてひびきやまざる

「月光の坂」より。上二句の「夏雲の／影・地を這って」は「竹に降る雨むらぎもの」と同じリズムパターン。この緊迫感のあるスピード感が、若い作者の抑えがたい思いや歌に向かう前のめりの意志と、そのまま呼応している。天然、自然、気象のめまぐるしい生々流転と、作者の荒ぶる魂との「響き合い」に、やはり万葉古歌に繋がるアニミズムを読むことができる。動詞「ひびく（響く）」は、「なびく（靡く）」とともに、青年・壮年期の幸綱歌にあって、人間の能動と、行為の充実を象徴するキーワードである。

あかねさすあわき朝《あした》の日の光《かげ》を負いて立てりと告げよやさしく

「月光の坂」より。「あかねさす」「あわき」「朝《あした》の」と開放的なア音の頭韻を踏んで、大らかな調べを生む。私はこの歌を恋の歌、さらに言えば失恋の歌と読みたい。自分の元から去って行った人に、自分の姿を、最後に伝えてほしい。昇る太陽を背に、清々しく立っていたと告げてほしい…。そうした青春の別離のヒロイズムである。そう読む時、「やさしく」が限りなくナイーブに響く。私は、この作品の背後には「百人一首」の〈わたの原八十島かけて漕ぎ出でぬと人には告げよあまのつり舟〉のイメージがあると思う。甘んじて流罪を受け入れ、雄々しく旅立ったと、せめて都のあの人に伝えてほしい、というこの古歌の、断念ゆえに輝く晴れやかな出立は、掲出歌にも共通する。

敗北の唄はうたわぬ唇を鋭く清き追想とする

「遠ざかりゆく君へ送る歌」より。連作には〈生涯逃げ続けたくとの君の葉書射込まれて吾が日常ゆらぐ〉〈鐘が聞こえる　鐘つき男の生活をああまた君は思うというか〉〈俺はお前をお前は俺を見殺しの罪負い生くべし友ならば友よ〉〈発てよガリヴァ漕ぐ後背の消えゆくに問う問いはなし真幸《まさき》くぞあれ〉といった歌が並ぶ。掲載歌の「唇」にはどことなく恋人の女性のイメージがあるが、従って「遠ざかりゆく君」は、日常を捨てて出奔したかつての〈同志〉であることがわかる。その友の人生の選択に、「今ここ」の日常を戦いの現場とする作者の志は揺らぐ。先に文中に引用した同じ連作の「鐘が聞こえる…」の歌には、日常のルーティンを繰り返す人生への自問自答が色濃い。時報としての鐘。それを司る「鐘つき男」は、時間割通りの日々を送る、またそれを強いる者の象徴としてある。また連作最後に置かれた「発てよガリヴァ…」の歌は、未知の旅に生きる人生を選んだ友への、決別と餞《はなむけ》の辞である。

なぜ怒らぬ君ぞと腹をたてながらしかししかしとひびかすこだま

前作と同じ「遠ざかりゆく君へ送る歌」より。怒るべき時に怒らない君への怒り。それはそのまま作者自身に跳ね返り、切羽詰まった自問自答は果てしない。「しかししかし」のリフレインによる押韻、さらにオフビートとしての「か」音の連鎖が「ひびかす」の「か」に重なる、言葉のリズムの重層に注目する。まさに耳の奥に「しかし…」が谺する感覚。

直立せよ一行の詩　陽炎に揺れつつまさに大地さわげる

「直立せよ一行の詩」より。「詩」は「うた」と読む。歌集タイトルとなった作品であり、まさに代表歌と呼ぶべき緊迫感を持つ。同連作は飛鳥甘樫丘にあって初期万葉の歌人たちの「願い」「野心」「挫折」に想いを馳せた、その延長線上の一連であることが、冒頭の詞書からわかる。意識にあったのは柿本人麻呂の次の歌だろう。

東《ひむがし》の野に炎《かぎろひ》の立つ見えてかへり見すれば月かたぶきぬ

この歌について佐佐木は「詩と自然　人麻呂ノート1」（評論集『万葉へ』所収）において次のように述べる。「人麻呂は、彼が曙光の中に見た時間の充実ゆえの不吉な気配にかえり見たのであった」「気配と書いて来たけれども、殺気と言い換えてもよい」。

東の野に今まさに始まろうとする、めくるめく未来。そして西に荘厳に没してゆく過去。その狭間に一瞬の「現在」として立つ、その戦きに人麻呂は振り返る。そして幸綱もまた、万葉と現代との間に立って、時間と自然のダイナミズムに、戦きつつ感応する。その時に発せられた言葉が「直立せよ一行の詩」であった。そして自然界は丸ごと、その声に共振して騒ぎ始めるのである。まさにプリミティブなアニミズムを体現した歌だと言える。そしてまた「直立せよ一行の詩」とは、究極の言挙げであり述志であり、詩的スローガンである。この歌に先立ち作者は第一歌集『群黎』において〈三十一拍のスローガンを書け　なあ俺たちも言霊を信じようよ〉と若々しく真っ直ぐに歌った。言うまでもなく掲出歌「直立せよ…」もまた、「言霊」を信じ、それに賭けようとする意志にもとづく。

加えてこの「直立せよ」には、「おれは垂直的人間　おれは水平的人間にとどまるわけにはいかない」（田村隆一「言葉のない世界」）、「ぼくがたおれたらひとつの直接性がたおれる　もたれあうことをきらった反抗がたおれる」（吉本隆明「ちいさな群への挨拶」）といった同時代の現代詩と響き合うものがあると、私は思う。いずれも述志の詩である。佐佐木は歌集後記に「詩は志の之く所なり」という『詩経』の言葉を引用している。

鑑賞 #佐佐木幸綱 ③

第二歌集『直立せよ一行の詩』（2）

人に歌ひとにひとつの志あわれなりはるかにきよき口笛

連作「直立せよ一行の詩」より。「人」「ひと」「ひとつ」と言葉を運動させつつ、四句の字余りでタメを作るリズムの緩急を、ぜひ音読して味わいたい。出だしの呟くような思いが、リフレインの畳みかけによって確信に変わり、遠い口笛の清涼感をもって昇華される。歌と志を並列して同等に捉える点に、作者の短歌観が示される。連作「直立せよ一行の詩」には愛唱性のある作品が並ぶ。作品をさらに引いておく。

「だが」と言い「しかし」と言いて引き緊る頭脳といえど人語さびしき

針山なす銛が輝く白鯨の重き沈みのごとき睡りへ

進行形を好めば川に近く住み汚れし川を日に一度見る

何が終る何が始まる立春の地平照らしていま八雲立つ

「君は深紅の」より。立春は寒い闇の世界から明るい光の世界へ開かれてゆく転換点であり、日本をはじめアジアでは長く、その日前後を新年の始まりとしてきた。この歌は、そうした拓けゆく予感を全存在的に捉える。生々流転し止まない天然自然と呼応する、プリミティブな人間の感受性がここにある。「八雲」は神話時代からの瑞雲であり、「短歌の始原」とされる須佐之男命の伝説歌〈八雲立つ出雲八重垣妻籠みに八重垣作るその八重垣を〉にも繋がる。時間的にも空間的にも、実にスケールの大きな歌である。

たちまち朝たちまちの晴れ一閃の雄心《おごころ》としてとべつばくらめ

「君は深紅の」より。「何が終る…」の歌と同じく、天然自然のめくるめく生々流転が、予感と共に歌われる。映像をコマ落としで早送りする感覚である。世界はまさに朝。若々しい「始まり」の予感と、スピード感のある命の躍動に溢れている。「とべ」（飛べ、跳べ、翔べ）という命令形は、燕への、世界への、そして自らの若さへの希求である。「雄心」もまた、まっさらな憧れとして捉えるべきだろう。大岡信は前歌集『群黎』の解説において、佐佐木幸綱の歌を「男歌」「オノコノウタ」と呼んだが、そこで想定されていたのは、まさにこのような感覚である。「雄心」は意味としては「勇ましい心」をいうが、そう単純なものではないだろう。むしろ例えば万葉集の長歌「石見の海…」やその反歌〈小竹《ささ》の葉はみ山もさやにさやげども我《あれ》は妹思ふ別れ来ぬれば〉などの、柿本人麻呂の妻を恋う初々しい心を、人を愛するまっすぐな純情を、「雄心」に重ねて読みたい。

君は死者われは生者かへだたりに置く鉄とせよわれとわが歌

「鉄」より。同連作は、戦争中の昭和十八年六月に瀬戸内海で「謎の爆沈」をした帝国海軍の主力艦「陸奥」の引き上げ（昭和四五年）に取材したもの。一連は〈海底の戦艦の砲引き上ぐと今びしょ濡れの鉄と男ら〉から始まり、いわば、引き上げ作業のルポルタージュと、作者の「戦後」への思いが交差する形で進行する。掲出歌は、次に挙げる〈心から心へわたす…〉とともに、連作のそのクライマックスに置かれている。戦後まだ二五年。若い戦死者である「君」たちは、遠い存在ではなかった。実際、作者の叔父（母・由幾の弟）は「北海の大洋《おほわた》」で戦死している。そうした死者と生者との絶対的な隔たりを繋ぐ「鉄の志」としてあってほしいと、作者は自らの歌に希うのである。その時、作者の意識のどこかには、〈海征かば水漬く屍〉の現代版と言うべき塚本邦雄歌集『水葬物語』（昭和二六年刊）があったかも知れない。

心から心へわたす言葉あれあわれ日月が汚せし鉄は

連作「鉄」の最後近く、前出の〈君は死者…〉の次に並べられた歌。生と死との絶対零度の隔たりを眼前にして、作者の希求は、「歌」からさらに「言葉」自体へと遡る。心から心へ直接手渡す言葉、とは、現代における「真言（まこと）」に他ならない。それは心と心を、時空を越えて橋渡しする言葉でもある。上句のカ行の頭韻を含むリフレインと、「あれ」→「あわれ」という音韻展開が、下句では「鉄」の重々しい存在感自体へと、問いとしてのその圧倒的な沈黙へと、収斂してゆく。

君は触る堅くなり来し二の腕に世界に触る畏れも知りて

「少年発青年行急行列車」より。同連作は「疎開っ子」であった自らの少年時代から、戦後復興の中で成長してゆく青年期までを、あっけらかんとしたユーモアをもって捉える。一連には次のような動詞一語を核とする作品が、一首おきに並べられている。

君は信じるぎんぎんぎらぎら人間の原点はかがやくという嘘を
君は走る関東平野をつっ走る夕べ鋭き身の前のめりとげ
君は食う豚足ざりがにゲバラの死金平糖の紅のとげとげ
君は笑う横隔膜をまくり上げその隙間より覗く星空

日本の戦後復興期は、そして作者の少・青年期もまた、まさに動詞の季節だった。

月下独酌一杯一杯復《また》一杯はるけき李白相期《あいき》さんかな

巻末の連作「明日《あす》あらば明日《あす》」より。連作冒頭のノートには「酒には、〈なぜ〉がないのがよい。私たちはあまりに多くの問いを持ちすぎている。本当は一つか二つの〈なぜ〉で人間は生きられるのだ」という言葉が記されている。掲出歌は、李白の七言絶句「山中與幽人對酌」（山中に幽人と對酌す）を踏まえ、その詩句「一杯一杯復一杯」が引かれている。李白の花の下での世捨て人（風流人）との対酌を、月下の独酌に置き換えているが、その独酌はつまり酒仙李白との対酌に他ならない。李白は「一日にすべからく三百杯は飲み干すべし」と歌った。その大言壮語、善き哉。どうせ酔っぱらうなら、ちまちまいじけていないで、それぐらいの気分でいたいものだ。「明日あらば明日」には、そうした大らかでスケールの大きな歌が並ぶ。まさに〈なぜ〉のない、気骨気概の歌である。

天に月地には美人の峨眉《がび》あれば生きのびてまた楽しからずや

あずさゆみ春の笑いを笑いつつひたすら酔わん杯《はい》上ぐるなり

在りざまのぐわーんと広き男心《おごころ》を愛《かな》しみてまた人と別れぬ

さらば象さらば抹香鯨たち酔いて歌えど日は高きかも

梅雨空の夜の飲み屋に充実し久々にわれうたう春歌を

雨荒く降り来し夜更け酔い果てて寝《いね》んとす友よ明日あらば明日

「明日《あす》あらば明日《あす》」より。歌集巻末の一首である。リズム面ではまず「明日あらば明日」のリフレインと、その「明日」「あらば」「明日」という頭韻を導く伏線（あるいは導入）として文頭に配置された「雨」「荒く」のア音の響きに着目する。さらに「寝《いね》んとす・友よ」という（句割れ＋字余りによる）四句のギアチェンジが、一首のリズムの大きなアクセントとなっている。また「夜更け」「酔い」のヨ音の押韻が副旋律をなしている。

「友よ明日あらば明日」という呼びかけは、〈他者〉への全幅の信頼と肯定に基づいた、自立と共闘のメッセージである。「明日あらば」、すなわち「もしも明日という日があるならば」。その言葉には、今日を存分に充実して生き切った満足感が滲む。ともかく今日のこの一日、ともかく〈今・ここ〉だけに集中して生きること。明日はまた、その先のことなのだ。そしてたったいま眼前にあるのは、深い充足の眠りである。〈今・ここ〉の現場性を最重視するというのは、実存主義哲学の原点でもある。と同時に、（六十年を生きて来てしまった）現在の私の目から振り返ると、「明日あらば明日」とは紛れもない青春の言葉である。「明日」は無限にある。だからこそ「今日」だけに集中できるのだ。その若さゆえの、濁りのない無限の青春性がひたすら眩しい一首である。

鑑賞 佐佐木幸綱④

第三歌集『夏の鏡』（1）

『夏の鏡』は一九七六（昭和五一）年七月、青土社刊。装幀、司修。昭和四七年から五一年まで、年齢では三四歳から三七歳にかけての作品が納められた第三歌集である。

ひばりひばりぴらぴら鳴いてかけのぼる青空の段《きだ》直立《すぐた》つらしき

「盛春日々抄」より。ある美しく晴れた春の一日の、「わが家に近い多摩川の川原」での光景である。上句では「ひばりひばり」とリフレインして、さらに「ぴらぴら」と音の反復によるオノマトペが用いられる。リフレインとオノマトペ。どちらも歌の音楽性をたっぷりと強調する。特にオノマトペの持つ〈言葉の肉体性〉の重視は、俳句に学んだ作者の主張のひとつである。平仮名の多用が、大らかなリズムと響きを生んでいる。それに対して下句では「青空の段直立つ」と漢字を配して、緩から急へとギアチェンジする。しかも「青空」「段《きだ》」「直立《すぐた》つ」と、漢字表記でありながら和語（訓読み）で統一しているところに工夫がある。自身の存在に充実する「ひばり」の計らいの無い命の輝きが、天へ向かって真っすぐに立ち上がる「青空の段」を幻視させている。世は春。まさに「天真爛漫」という言葉を思い出させる。

俺は帰るぞ俺の明日《あした》へ　黄金の疲れに眠る友よおやすみ

「盛春日々抄」より。同連作には日録風の詞書が挿入されており、この歌の一連には「**五月某日夜**　京都府の私立高校で教師をしている旧友Sと会う。四条河原町で飲み、彼の家で飲む」とある。この歌は、その「旧友」の家での夜更けの一場面だろう。同じ一連に「劇中劇なりしや友よ顔を上げて久々に言う日本革命」と歌われたこの友も、今は結婚して子供ができ、教師をしつつ京都で暮らしている。この歌は、傍らで酔っ払って眠ってしまった友へのオマージュである。彼には彼の、今日の生活があり明日の生活がある。それを「家庭」という彼の暮らしの現場で改めて確認し、作者は「俺は帰るぞ俺の明日へ」と胸に刻むのである。それはいわば、共に過ごした激しい青春時代への決別の辞だった。「俺は」「俺の」「黄金」「おやすみ」と「お」の頭韻を踏み、その間に挿入された「明日」の「あ」の音を高らかに際立たせる。

彼岸の夕日を負いて立てれば詩を書けば傍観者たる縁《ふち》踏みはずす

　歌集のタイトルとなった連作「夏の鏡」より。一連の冒頭には、韓国の軍法会議が金芝河（キム・ジハ）ら七人に死刑を宣告したという「朝日新聞」（昭和49・7・13夕刊）の記事が掲げられている。「反体制詩人」金芝河は当時三三歳。佐佐木の二歳下の同世代で、ソウル大学での学生運動ののち民主化のための地下活動を続けた。朴正熙軍事政権を批判した長編詩「五賊」で逮捕拘留され、その後死刑が宣告（のち無期懲役に減刑）された。サルトルや大江健三郎、鶴見俊輔ら多くの文化人が抗議声明を出した、いわゆる「金芝河事件」である。サルトルの実存主義に大きな影響を受け、また編集者時代から大江、鶴見らと交流のあった佐佐木も、この事件に大きな衝撃を受けた。それはひとえに詩人が詩を書いて死刑になる、ということの衝撃だったと言える。そして作られた連作が「夏の鏡」四九首だった。

　前の作品の鑑賞で引いた「久々に言う日本革命」が示す通り、早稲田の学生時代に参加した「六〇年安保」以降、社会に出て歌人として活躍しつつ佐佐木は、直接的な政治に関しては「傍観者」の位置に身を置いて来たと言える。そうした自身の喉元にいわば刃を突き付けたのが、「彼岸」すなわち対岸の国の「詩人の死刑」だった。

　若草の若き古典へ発ちたるに呼び戻す報として詩人の死刑

まさに海の向こうの事としてあった、軍事政権下の

「彼岸の夕日」の血の色は、金芝河が他でもない、詩を書く同世代の人間であり、さらにその詩によって死を宣告されたという衝撃によって、対岸の出来事と済ますことができなくなった。まさに自らの「詩」を書く覚悟を根本的に問う刃となったのだった。

女《ひと》よ、わが詩の危機なれば夏なれば断ち裂きてゆく水に書く歌

同じく連作「夏の鏡」より。一首前に並べられた〈女《ひと》よ、いま他国の死こそ泡立ちてわがめぐりまかがやく真夏の鏡〉と一対になっている。すなわち「わが詩の危機」は「他国の死」、金芝河への死刑宣告によってもたらされた。それは、自らの覚悟の度合いを測る〈命を賭して「詩」を書いているか〉という究極の問いである。金芝河事件は、「詩」はついに「死」を孕むことを眼前させた。そして世界はいま、鋭利な真夏の太陽光にぎらぎらと泡立ち、沸騰している。そうした〈状況〉の中にある今、やわな「水に書く歌」など「断ち裂きて」、もっと簡勁なものを目指さなくてはならない、という決意表明としてこの歌はある。連作の中で〈撃たるるであろう、激しき歌を希いたる吾にあらずや忘れていたる〉と歌われた「激しき歌」がそれである。では断ち裂きてゆくべき「水に書く歌」とは何か。

幕末の歌人香川景樹は歌論「しらべの説」において、思いを優しくなめらかに歌って世界との調和を図る「しらべ」の歌を、和歌のあるべき姿とした。その理想となるのが古今集の繊細優美なハーモニーである。そして和歌の時代、多くの歌論で「しらべ」はゆるやかな川の流れに例えられた。イメージとしては、草仮名書きのナイーブな水茎の流れである。その「しらべの説」に真っ向から異を唱えたのが若き佐佐木幸綱の短歌本質論「短歌ひびきの説」だった。〈短歌は調べではない、響きである〉というその言挙げは、世界との「調和」を旨とする和歌の室内楽的な風雅をもってしては、現代の危機的な〈状況〉に対峙できないという強い思いからのものだった。〈それにしても…、かつてあれほど世界情勢の危機を熱く捉えていた〈状況〉〈情況〉という語が、今やすっかりその熱量を失ってしまったことに、感慨を覚えざるを得ない。時は流れたのである〉。

詩歌とは真夏の鏡、火の額を押し当てて立つ暮る

る世界に

連作「夏の鏡」のタイトル作品である。「夏の鏡」はまた、歌集全体のタイトルともなった。「真夏の鏡」という語は、先に文中引用した〈女《ひと》よ、いま他国の死こそ泡立ちてわがめぐりまかがやく真夏の鏡〉にも登場し、読者の理解を助けてくれる。それは、「他国の死」に示される時代状況の緊迫の下でぎらぎらと泡立ち沸騰する世界を映す、一枚の鏡である。作者にとって詩歌とはその鏡なのだと、この歌は告げている。

語彙に着目すると、「詩歌とは」「真夏の鏡」「火の額（ぬか）」「押し当てて立つ」「暮るる世界」と、息継ぎを拒むようなハイテンションの語彙が並ぶ。普通このように強い言葉を、これでもかと並べると、語彙どうしが相殺し合って失敗するので避けましょうというのが「短歌入門書」の常識だが、そうした常識・良識を無視してひたすら充実し切って突っ走る力技が、奇跡のような一首を生んだ。その意味でも稀有な歌である。まさに作者が希求した「激しき歌」であり、「短歌ひびきの説」を体現している。

皿に剥かれあわれ幾筋傷つきし白桃がある、激しく生きよ

同じく「夏の鏡」より。「皿に剥かれ幾筋傷つきし白桃」が映像的な象徴性を帯びながら、鮮烈なイメージを提示する。『言語にとって美とはなにか』で吉本隆明が言うところの〈像的喩〉である。もともと桃は、特に白桃は、皮の上から触るだけでも傷みやすいが、この桃は皮を剥かれて皿の上に置かれている。いわば自らを防御する全てのものを剥ぎ取られて、血管のようにも傷口のようにも見える鮮やかな紅を幾筋も宿しつつ、世界に丸裸で晒される白い桃。だがそれでも、というかそれだからこそ、世界に遍在する暴力の残酷さに対する、恐怖・脅え・怯みを裡に抱えながら、それをなだめ、振りほどき、振り切り「激しく生きよ」と、自らを鼓舞するように作者は歌うのである。それは、金芝河事件に触発された、「人間」に対するひとつの祈りであると言ってよい。

鑑賞 #佐佐木幸綱 ⑤

第三歌集『夏の鏡』（2）

生と死とせめぎ合い寄せ合い水泡《みなわ》なす渚蹴る充実のわが馬よ

「充実のわが馬よ」より。この「充実のわが馬よ」十六首は朗読のために作られた連作で、競馬場を走るサラブレッドに取材する。文字通りゴールに向けての疾走感覚と、序・破・急の連作構成によるダイナミックなドラマツルギーがこの連作の最大の持ち味である。作者は連作冒頭に「〈走る〉という行為は究極的に滑稽なものなのである」「疾走するサラブレッドの美しさは、究極の滑稽をまるごと引き受けた肉体が、その機能の限界を越えて爆発しようとする厳粛なる一瞬の予感をはらんでいるからなのだ」と記す。「行為、肉体の究極」「滑稽と厳粛」「一瞬の予感」。佐佐木幸綱の作品世界を仮に「初期・中期・後期」と分けた場合の、初期作品のキーワードが、それらの語には全て含まれている。

　掲載歌は連作冒頭の歌。スタートダッシュさながら、サラブレッドのパワーは、そして連作のテンションは、一首目からいきなり爆発する。作品のリズムは〈生と死と／せめぎ合い寄せ合い／水泡《みなわ》なす／渚蹴る充／実のわが馬よ〉という形を取る。ポイントは緩急である。特に第二句の大幅な字余りが、ゆったりと厳かな初句の入り方からギアチェンジして、リズムとテンションを急激に加速する。そして下句の句跨りは、呼吸を止めて筋肉を酷使し続ける息切れの苦しさを体現している。その究極の行為が、充実が、「生」とともに「死」の不吉をはらむのは、いわば当然だと言える。そうした感覚はどこか、ヘミングウェイが描く闘牛場の緊迫感に近い。そして…。

　梓弓ひきしぼられて跳ぶ四肢を眼下に見おり切なかりけり

掲出歌の次に置かれたのはこの歌である。「梓弓」は「はる」「ひく」に掛かる枕詞。その「弓」のイメージが導く「ひきしぼられて」は、まるで極限まで引かれて、息を詰めて的の一点に狙いを定める瞬間のような、そして「跳ぶ」は射られた瞬間の矢のような、切羽詰まった筋肉のバネを象徴する。結句は、究極の行為に立ち会いながら、それを傍観するしかない位置にあることの「切なさ」である。さらに連作進行を追う。

透明な〈今〉ぞかわける舌見せて疾走する生きている愛している

「疾走する」ことは「生きる」ことであり「愛する」ことである。畳みかけがサラブレッドの全力疾走のリズムと重なる。いよいよ高みへ、鞭が入った感覚がある。

一瞬のちの未来へ触らむと差し出《いだ》す首ああ断たるるな

ひたすら前へ、一瞬先の未来へ、未知へ、触ろうとして馬たちは首を伸ばし、その首を推進力として馬体をゴールへと運ぶ。結句の「断たるるな」から私は、着順判定の分解写真を思う。〈今〉は零コンマ何秒の単位で寸断され、そしてゴールポイントで突然切断される。口から泡を吹きながらスローモーションで首を伸ばす馬たちの必死の形相が、白黒写真によって冷酷に切り取られる瞬間、思わず目をつぶる。精神と肉体が合一した究極の燃焼、究極の充実は、常に悲劇を孕んでいる。あとは祈るしかないのだ。そして連作の最後は、「走りすぎ行方不明に」なってしまった一頭へのオマージュで終わる。

遠天に噴《ふ》ける稲妻あかあかとわれは怒《いか》りて野を走るなり

連作「独走」より。タイトルから、前掲の「充実のわが馬よ」と重なるモチーフを読み取ることができる。大地の始まりを思わせる原初的な風景のパースペクティブの中に、プリミティブな「怒り」に突き動かされて、ただ走るために走る男。ここにも、肉体の究極に向かって、荒ぶる魂を鎮めかねている存在の姿がある。三句の「あかあかと」が上二句と下二句を繋ぐ接点として、稲妻が「あかあかと」閃くイメージと、「あかあかと」煮え滾る怒りを持て余して野を走る男とを、ダブルイメージで繋ぐ。特に「あかあかとわれは怒《いか》りて」のイメージが鮮烈だ。「怒《おこ》る」のではない、「怒《いか》る」のである。「怒《おこ》る」が等身大であるとすれば、あかあかと輝く「怒《いか》り」には神話伝承の手触りがある。

まっしぐらに生きたきわれら竹群へ夕立の束《たば》どっと落ち来る

「独走」より。第二歌集『直立せよ一行の詩』の記念碑的な作品〈竹に降る雨むらぎもの心冴えてながく勇気を思いいしなり〉を始めとして、佐佐木の歌において「竹」は純情、直情、志の象徴としてある。この『夏の鏡』にも他に次のように歌われている。

打ち靡き撓《たわ》み相打つ竹と竹と闘え闘えと熱く見ている

揉まれ揉みつつおのれしぶける竹群を見ており呆然として俺は

掲出歌では、直立する竹の群れと垂直に落下する「夕立の束《たば》」と、ひたすらに真っ直ぐな者どうしのせめぎ合いに、青春後期を生きる願いを重ねている。竹はまた「直立せよ一行の詩」と願った自らの「うた」そのもののイメージとも重なるだろう。

迫り来る死期知りいつつ状況へ歌うを止めし若き唇《くち》はや

連作「源実朝」より。連作冒頭のノートから引用する。「建久三年頼朝の二男として生れる。正治元年（八歳）頼朝死ぬ。建仁三年（十二歳）従五位下征夷大将軍となる。元久元年（十三歳）兄頼家殺される。…建保二年（二十三歳）頼家の子栄実殺される。建保三年（二十四歳）義盛ら一党の亡霊を見る。建保五年（二十六歳）陳和卿に命じて建造した巨船完成、由比ヶ浜にて進水するも浮かばず。建保七年（二十八歳）一月二十七日雪の日鶴岡八幡宮にて刺殺される」。

そうした実朝の人生を反映して、掲出歌の一首前では〈月下の浜に朽ちゆく船の影ぞ濃き漕ぎ出ずるなき一生《ひとよ》悲しめ〉とも歌われている。当然この「漕ぎ出ずるなき一生《ひとよ》」には、作者自身の人生への思いが反映されているだろう。そして掲出歌も、前回『夏の鏡』（1）で取り上げた、韓国の詩人金芝河に対する死刑判決を受けて作られた自らの歌〈若草の若き古典へ発ちたるに呼び戻す報として詩人の死刑〉〈彼岸の夕日を負いて立てれば詩を書けば傍観者たる縁《ふち》踏みはずす〉といった「状況と個」の危機意識と深く関わる。なお佐佐木には『乱世に死す——源氏最後の将軍・源実朝』という著書がある。

泣くおまえ抱《いだ》けば髪に降る雪のこんこんとわが腕《かいな》に眠れ

「青天雨天」より。「こんこんと」が上下句の接点となる点に文体上の特徴がある。雪が「こんこんと」降り、そしてわが腕に「こんこんと眠れ」、という構造である。「こんこん」には、単なる擬態語ではなく「昏々」「滾々」「渾々」…など様々なニュアンスが混在して、歌意を重層的に深めている。そうしたオノマトペの最先端としても忘れられない一首である。もちろん内容の優しさも比類がない。

大いなる拳の秋の八ヶ岳突き上ぐる日の遂には来ぬか

「行け、今日を」より。拳を突き上げる、すなわち拳に打って出る志と、その断念がモチーフとなっている。そういえば「拳」と「拳」は字もとても似ている。「大いなる拳の（ごとき）秋の八ヶ岳」という比喩が（ごとき）を省いて序詞的に連結され、さらに「八ヶ岳」が拳そのものとして、一気呵成に下句になだれ込む。

過去へ向く扉が不意に開かれて青竹が立ったまま裂けている

「そこより歌え」より。先に〈まっしぐらに生きたきわれら竹群へ夕立の束《たば》どっと落ち来る〉の箇所で述べたように、「竹」は作者にとって真っ直ぐな志、情念、直情の象徴としてあった。その観点から見るとこの下句はある意味で衝撃的である。前掲歌の「突き上ぐる日の遂には来ぬか」とともに、そしてまた歌人将軍実朝の志の閉塞感を見据えた連作「源実朝」とともに、この『夏の鏡』後半から〈断念〉が作者の歌にとって一つの重要なテーマとなってゆく。そして、それは以後、次のような歌へと続く。

戦わぬ男淋しも昼の陽にぼうっと立っている夏の梅　第四歌集『火を運ぶ』

赤まんまの花に思想を水に火を放たむとある原稿を焼く　同

鳥が鳴く東《あずま》に生れ年経れど思えば乱に呼ばれし日なし　同

鑑賞 #佐佐木幸綱 ⑥

第四歌集『火を運ぶ』（1）

『火を運ぶ』は一九七九（昭和五四）年、青土社刊。一九七六年から七九年まで四年弱の作品を収める。「後記」には「この間に私は、遠いことのように思っていた四十代に突入した。人よりやや遅い結婚をし、人より遅くはじめての子供・男児を得た」と記されている。歌集カバーの装画は平山郁夫の有名なリトグラフ「流砂浄土変」。シルクロードの駱駝の隊商を描いたその絵は、歌集のタイトルとなった作品〈火を運ぶ一人の男、あかねさす真昼間深きその孤独はや〉と響き合っている。

徳利《とつくり》の向こうは夜霧、大いなる闇よしとして秋の酒酌む

「徳利の向こうは夜霧」より。歌集巻頭の歌である。酒を愛する歌人であれば誰でも、酒の歌の決定版をいつか作りたいと思うものだが、この歌は分厚くたっぷりとした風格といい、まさに酒の決定版と呼ぶにふさわしい。その風格をリズム面から支えるのが、二句切れによる五七調（五七・五七・七）の文体である。五七調は「万葉調」とも言われる。三句切れによる七五調を特徴とする（「古今集」「新古今集」などの）「王朝和歌」の繊細優美な調べに対して、大らかで力強い響きを生むとされる。「夜霧」の浪漫性、「大いなる闇」の豊饒な奥行きとも相俟って、いわば中年期の充実と安定を強く印象づける。それは人生や世界を肯定的に捉える「闇よしとして」にも、よく示されている。

うそが飛ぶ空がしぐれて日が暮れて辻褄合わせて寝るほかはなし

「徳利の向こうは夜霧」より。「うそ」は「鷽」。スズメ目アトリ科の鳥、ウソドリ。嘘いつわりに通じるその名前を面白がることから生まれた歌だと想像する。いわば、不思議な言葉に触発されたナンセンスなほら話の感覚である。「××して、××して、××して」という文体も、昔話やおとぎ話の語り口を思わせる。「ああしてこうして日が暮れて、おやすみなさいまた明日」という、眠りにつく前の物語。「うそ」を発端としてナンセンスでちぐはぐな世界に遊んだ末に、すっかりあきらめて、あるいはあきれて「辻褄合わせて寝るほかはなし」。ちぐはぐで辻褄が合わないのは、この世の常でもある。そうした風刺を含んだ、語呂合わせ、言葉遊びのユーモアの歌だと言える。ナンセンス、ユーモア、メルヘン、ファンタジーは、佐佐木の歌のひとつの系譜ともなっている。そしてその多くに動物が登場することにも注目しておきたい。

抱き合って動かぬ男女ゆっくりと夕波は立つ立ち
て崩るる

「男女」より。一首目に引いた「徳利の…」と同じように、〈抱き合って動かぬ男女／ゆっくりと夕波は立つ／立ちて崩るる〉という五七調（五七・五七・七）の、たっぷりとしたリズムを特徴とする。それは下句の内容とも呼応して、寄せては崩れる波のリズムをも体現する。「ゆっくりと」「ゆうなみは」の頭韻の「ゆ」の音が、その寄せ返す粘りのあるリズムを強調する。夕闇の濃密な空気感の中で、愛の究極のシーンが描かれている。男女のシルエットをモニュメントのように中心に置いて、その背景に、夕日に真赤に染まった波のスローモーションをイメージショットとして配する、その〈モンタージュ〉（映像と映像の配合、衝突）が作品のポイントで、実験映画のような映像性が印象深い。ラストシーンで崩れる波が、煮詰まってゆく濃密な時間の不穏な悲劇性を、予感として暗示する。それは同じ一連に置かれた次の歌とも響き合っている。

みだれ髪乱るるままを引き寄せてかなしき淵へ再び
は行く

愛と性の究極としての「かなしき淵」。そこには甘やかな頽廃《アンニュイ》の気配がある。

欲りするは無頼と答うる年齢《とし》を過ぎざんざん浴ぶる初夏の水

「男女」より。かつて第一歌集『群黎』で〈無頼たれされどワイシャツ脱ぐときのむざむざと満身創痍のひとり〉と歌った、その青春の志の「その後」を歌う。いわば中年の志、である。作品の背景には歌集「後記」にある「遠いことのように思っていた四十代に突入した。人よりやや遅い結婚をし、人より遅くはじめての子供・男児を得た」という現実がある。レトリック面では「ざんざん」という力動的なオノマトペに注目したい。オノマトペとは、言葉のアニミズムである。

　また掲出歌では、「答うる」「浴ぶる」という、文語文法に正確にのっとった動詞活用にも着目しておきたい。下二段活用の動詞「答う」の連体形が「答うる」。上二段活用の動詞「浴ぶ」の連体形が「浴ぶる」。現在とほぼ活用が変わらない四段活用に比べて、下二段活用と上二段活用は、口語文法との落差が顕著だ。それがもっとも典型的に表れるのが連体形である。この第四歌集まで佐佐木は、文語文脈を基本としつつ、口語を柔軟に取り入れて、現代語に慣れた耳にもあまり違和感のない語法（文法上の）を用いて来たという印象があるが、その意味でもこの「答うる」「浴ぶる」は目に付く。そこに中年期の佐佐木のひとつの「成熟」を見ることは可能だろう。ただし、文法、文体、語法の模索はここが完成形ではなく、その後も様々な形で続き、変化してゆくのだが。

火を運ぶ一人の男、あかねさす真昼間深きその孤独はや

「火を運ぶ」より。この歌について作者は「後記」に次のように記す。「彼はどこから来てどこへ行くのか、それは私にも分らない。（中略）火は、真昼間の太陽光に照らされて光を失い、かげろうのように微かに上辺の空気をゆらすだけだ。彼はただ、一個の空の壺を運んでいるのだろう、私は最初そう思った」。私がこの歌からまず連想するのは聖火リレーである。作者は「壺」と言っているからイメージはずれるが、ただ「リレー」という概念はこの歌を読む大きな鍵だと思う。誰かから受け継いだ大切な何かを、次の誰かに渡す。前のランナーから受け継ぎ、次のランナーに渡すために、自らに与えられた区間、大切に大切に火を運ぶ。自分に「火」を託してくれた前走者の信頼を裏切らないために、そして必ず到着する自分を信じて待っていてくれる次の走者の信頼を裏切らないために。そうやって私たちは、命を、愛を、志を、そして「歌」を、自分が任された区間、信頼を裏切らない責任をもって運んでいる。その責任の大切さゆえの「孤独」である。光が眩し過ぎて誰も見ることができない真昼間の火と、その孤独の陰翳は、表裏をなしている。「彼はどこから来てどこへ行くのか」。その問いは歌集カバーの平山郁夫のリトグラフにも共通する。シルクロードをはるかに旅する駱駝の隊商と、佐佐木の「火を運ぶ」とは、そこにおいて呼応している。そして「後記」に詩的な比喩として用いられた「壺」のイメージも、エキゾチックな旅の物語を呼び込んでいる。

世田谷区瀬田四丁目わが家に帰りて抱かな妻と現実と

「火を運ぶ」より。中村草田男の俳句〈妻抱かな春昼の砂利踏みて帰る〉（句集『火の島』）を踏まえる。佐佐木は都内の高校時代に中村草田男の授業を受け、青年時代には高柳重信の元へ通いつめ、そして言葉のアニミズムを通して金子兜太と固い信頼で結ばれていた。自身、俳句の影響を繰り返し述べている。

この作品では「妻」と「現実」を並列したところに、作者ならではの視座がある。現実…。歌集後記で作者は、「本名の詩であるという短歌の在りように対する私自身の問いかけ」が、自らの評論活動の根底にあると語り「本名とは、つまり、自律する作品世界と時代社会の現実とを繋ぐ回路にほかならない」と記す。本名とはまた、取り換え不可能な一度きりの人生の謂いである。佐佐木は「人よりやや遅い結婚」をして子供を得て、家族という新たな現実と直面することになった。新居を据えた「世田谷区瀬田四丁目」は、そののっぴきならない「現場」としてある。それは抽象概念ではない、唯一無二の〈いま・ここ〉を表している。何度も繰り返すが〈いま・ここ〉は、作者が大きな影響を受けた実存主義哲学の中心概念であった。そしてこの歌集を契機として佐佐木は、現実との接近戦をより先鋭的に意識するようになってゆく。

鑑賞⑦ #佐佐木幸綱

第四歌集『火を運ぶ』（2）

戦わぬ男淋しも昼の陽にぼうっと立っている夏の梅

「空席《アブセンス》」より。「戦わぬ男」は現代人の自画像であり、作者もまたその中の一人に含まれると読むべきだろう。作品の構造としては、二句切れを仲立ちとして、上二句「戦わぬ男淋しも」と下三句「昼の陽にぼうっと立っている夏の梅」が付け合わされ、対比される形になっている。上二句の心情表現に呼応する（比喩的、象徴的な）イメージショットとして「昼の陽にぼうっと立っている夏の梅」という描写が機能している。拙著『〈劇〉的短歌論』および『言葉の位相』で繰り返して来た用語で言うならば、「短歌における〈モンタージュ〉」の手法である。

うちにも一本梅の木があるが、花が終わり実を落としたあとの「夏の梅」は、ただそこに立っているだけの、まったく地味で締まらない存在となる。敢えて目立つことを避けているようにさえ感じられる。四十代となった作者は、現実と折り合いをつけることがより明確に視野に入り、それと並行するように断念や諦観の歌が増える。「後記」に言う「手答えの少ない、淡い時間」を過ごす感覚であり、「いらだっているような感じ」「爆発できずに燻っているような感じ」である。そしてその向こうに、時代自体が抱える「人間疎外」の問題が透けて見える。この「人間疎外」という大テーマは、第一歌集『群黎』巻頭の連作「動物園抄」以来一貫してきたものである。

飛ぶ鳥の明日かあさって旅立つと梅雨に籠れり雀など食いつつ

「空席《アブセンス》」より。「飛ぶ鳥の（とぶとりの）」は「明日香」「飛鳥」に掛かる枕詞。奈良飛鳥の地名にちなむ言葉遊び系のレトリックであり、古代人にもこんなユーモアがあったことが嬉しい。作者はそれを受けて「飛鳥」↓「明日香」↓「明日か」と言葉を運動させて、さらに「あさって」と展開させる。古代と応答し合う、そうした大らかさがなんとも楽しく嬉しい歌である。「雀など食いつつ」のとぼけた味わいもいい。こうした語呂合わせの歌にあっても、ひねくれたところが微塵もなく、大きな時間を内包し、風通しのいい肯定的な筋が一本通るところに、作者の作品世界が象徴されている。

ぬるぬるの弁明をする舌、舌、舌、生きている愛している、夕暮酒場

これも「空席《アブセンス》」より。言葉を思い切って畳みかけて運動させた、丸ごとの人間肯定の歌である。「弁明をする舌」も含めて、この大賑わいの「夕暮酒場」では、誰もがみな「舌」そのものの存在となって、生な自分丸出しに、食べて、飲んで、しゃべって、ひたすら酔っぱらっている。それを「生きている愛している」と包み込むところに、この歌の大きさがある。「夕暮酒場」はもちろん、この世、人生のメタファーである。

赤まんまの花に思想を水に火を放たむとある原稿を焼く

「花季の門」より。「赤まんま」はイヌタデの別名で、粒状の細かい紅花を赤飯に見立ててこの名がついた。「赤まま」「赤のまま」とも呼ばれる。むかし幼子のままごと遊びによく使われ、ある年代以上の人には鄙びた郷愁をそそる花である。戦後のいわゆる「第二芸術論」の渦中にあって、小説『歌のわかれ』で中野重治は、短歌の持つ手放しの詠嘆性や自己憐憫、またそれらが象徴する日本人のウエットな心情との決別を宣言し、そして「歌」と題された詩で〈おまえは赤ままの花…を歌うな〉と熱く呼びかけた。「奴隷の韻律」を書いた小野十三郎、「歌の条件」を書いた小田切秀雄とともに、短歌否定論に傾いていた当時の中野重治にとって、「赤ままの花」は「すべてのひよわなもの」の象徴としてあり、郷愁を誘うその無批判な「短歌的叙情性」において、必ず乗り越えてゆかなくてはならないものとしてあった。「現代

人」の理知や哲学、思想の対極にあるものと認識されていた。掲出した佐佐木作品の「赤まんまの花に思想を」というスローガンは、現代短歌を担う若き歌人の側からの中野重治への返答であり、「第二芸術論」への反駁である。ウエットで脆弱なセンチメントの象徴とされた赤まんまの花にこそ、それを乗り越えてゆくべき思想を込めよう、そしてたおやかな和歌の「しらべ」を象徴する「水の流れ」に今こそ「火」を放とう…。しかも、その歌人としての若く真っ直ぐな「志」を書きつけた原稿を、いま中年となった作者は様々な思いを込めて燃やすのである。

この一連の冒頭には「昭和五十二年春、結婚して転居した。十数年ぶりの転居であった」という言葉がある。「人よりやや遅い結婚」をして、親の家から独立し、長い青春が終わった。引っ越しに伴って出て来た膨大な若書きの原稿を自らの手で焼く。その時の「理想論よりはまず現実を」という「大人」の決意は、私も今の年齢ならばわかる。

ゆく水のうつせる若葉若き声ささげて立てる最初の歌人

「最初の歌人」より。「ゆく水のうつせる若葉」までが序詞として「若き声」を導く。「若葉」は「若い言葉」であり、命の誕生の輝きをもって「若き声＝うら若き歌」と照応している。「最初の歌人」は柿本人麻呂。この序詞の試みも、人麻呂歌に触発されたものだと言える。佐佐木は作歌において当初から常に〈万葉と現在との往還〉を意識して来た。第三歌集『夏の鏡』の後記に「古典と現代を架橋する試み」と述べる通りである。その意識の延長に〈一国の詩史の折れ目に打ち込まれ青ざめて立つ柱か俺は〉〈鳥が鳴く東《あずま》に生れ年経れど思えば乱に呼ばれし日なし〉といった作品も生まれている。

夏野行く夏野の牡鹿、男とはかく簡勁に人を愛すべし

「最初の歌人」より。人麻呂の恋歌〈夏野ゆくを鹿の角の束の間も妹が心を忘れて思へや〉を踏まえる。人麻呂歌では「束の間」を導く虚辞（序詞）として用いられた「夏野ゆくを鹿の角の」を実景として抽出し、「男とは…」という真っ直ぐな言挙げを対置する。

「男とはかく簡勁に人を愛すべし」。現在、こうした言

葉をなかなか正面から用いにくいという実感がある。ジェンダーやLGBTQの問題が急速にクローズアップされ、「男とは」といった言説はマッチョなアナクロニズムとして糾弾されやすい。だが、この歌は実は違う。まずこの言挙げは、柿本人麻呂の古歌に触発されて自らの理想とするところを述べたもので、他人に強制しているのではない。「私が理想とする男とは…」「私個人の理想として…」という文脈である。個別の「実存」を根拠とすることは、決して他者を排除しない。皆がそれぞれの「個」であってよいのだから。

身体的には男性でも女性としてのアイデンティティを持つ人が、そのアイデンティティの実現を誰からも疎外されてはならないように、また身体的には女性でも男性としてのアイデンティティを持つ人が、そのアイデンティティの実現を決して疎外されてはならないように、自らを男性と規定する男性のアイデンティティもまた、誰からも疎外されてはならない。それは他者をいたずらに排除することとは違う。そこをしっかり押さえておきたい。この歌は「私は私でありたい」と言っているのだから。

それにしても時はとどまらない。この歌が作られた四十数年前には「男は黙って…」「男はつらいよ」「男なら…」といった言葉が巷にあふれていた。そのすぐあと、八十年代に入ると短歌においても「女うた」の議論が大きくクローズアップされ、ほぼ初めて「ジェンダー」という概念が認知されたのだった。それはまさに女性の側からの「私は私である」という運動だった。そしてそれから三十五年。高倉健も菅原文太もすでにこの世になく、「漢《おとこ》」は今や絶滅危惧種の感さえある。そう考えると、かつて「男うたの旗手」と謳われた若き佐佐木幸綱は、実は「最後の男うた歌人」だったのかもしれないと思える。現代の目で改めて読み返すとこの歌も、「男うた」の終焉を見据えた、最後の光芒のようにも見えて来るのである。

男であり女であることを最も強く意識し、自らの性的アイデンティティを切実に実感するのは、恋愛においてだろう。最初に戻るならばこの歌は、人麻呂の純情をはるかに継承した、真っ直ぐな愛の歌である。何よりも、精悍な牡鹿のピュアな、不純物のない若さが、そこから遠く来てしまった私の目にはひたすら眩しく映る。

鑑賞 佐佐木幸綱⑧

第五歌集『反歌』（1）

歌集『反歌』と『金色の獅子』は、わずか三日違いで刊行された。先に出たのは『金色の獅子』で一九八九年十二月二二日、雁書館刊。『反歌』は十二月二五日、短歌新聞社刊。刊行順では『金色の獅子』が第五歌集になるが、『反歌』の後記に「…『火を運ぶ』につづく私の第五歌集」とあり、また『金色の獅子』の後記には「…『反歌』につづく私の第六歌集である。第五歌集『反歌』は、この本とほとんど同時に発刊されるはずである」とあるので、それに従う。第五歌集、第六歌集としてほぼ同時に入稿した二冊が、刊行順としては、編集作業の進行の関係で僅かに逆転した、ということだろう。

第四歌集『火を運ぶ』からこの二冊の刊行までには、実に丸十年（『火を運ぶ』刊が一九七九年十二月なので、端数なくまさにぴったり十年間！）のブランクがある。略歴を見るとその十年、評論集を始めとする本を立て続けに出版し、旺盛に講演や執筆、テレビ出演などをこなし、新聞歌壇の選者を掛け持ちし、また教員として早稲田大学に呼ばれ…と、超多忙を極めていたことがわかる。その結果としての十年のブランクだったことは間違いないが、私の周囲には「第一歌集『群黎』、第二歌集『直立せよ一行の詩』、第三歌集『夏の鏡』、第四歌集『火を運ぶ』をもって、起承転結の階段を一気に上り詰め、歌人としての世界が完成・完結してしまったのではないか」と語る人もいた。私は『火を運ぶ』刊行とほぼ同時（一九八〇年一月）に「心の花」に入会したが、それから十年近く、もう次の歌集は出ないのではないかと思ったことが無かったとは言えない。それだけに、周囲の者にとっても歌壇にとっても、待望の「二冊同時出版」だった。

『反歌』は、今はなき短歌新聞社の「昭和歌人集成」

の一冊として刊行された。同シリーズは岡井隆、馬場あき子、島田修二、篠弘、春日井建、高野公彦、河野裕子ら三八人をラインナップした新歌集の集成で、最年少の参加者は阿木津英。

まず、歌集タイトルの意味である。この「昭和歌人集成」シリーズには各巻解説がついていて、実は『反歌』の解説は私が書いている。今から三〇年以上前、執筆当時私は二九歳だった。短歌を始めてやっと十年、まったくの若造の私に佐佐木幸綱は「解説」を委ねてくれたのだった。そのことをいまたいへん重く、かたじけなく思い返している。

「解説」から、当時の私の文章を抄出する。「『反歌』とは（中略）長歌の後に付けられた短歌のことであり、長歌の内容を集約したり、あるいはそれをさらに発展、展開するためのものである」「『反歌』とは、あるいはこう定義することもできるかもしれない。つまり、叙事詩としての長歌を叙情的に再確認するのが『反歌』である、と」「では、この一冊の『反歌』に対する、叙事詩としての長歌とは何か」「一九六十年代というまさに叙事的であった時代と、その時代とともにあった自らの二十代への『反歌』をなすことこそが歌集『反歌』の主たるモチーフである」…。作品を見てゆきたい。

輪郭鮮明の生を信じてありし日よ、吾が前に立ち花噴く墓標

「河上へ矢印なして」より。開巻四首目に置かれた歌。ちなみに巻頭の歌は〈河上へ矢印なして雁《かり》は行く、帰らんために行くも喜び〉である。この巻頭作品はいわば、歌が作られた一九八〇年代末から、歌集の中心的なモチーフとなる六〇年代へと遡行するに当たっての、導入歌としての役割を担っている。そして掲出歌では、青春を過ごした六〇年代と作歌時点での現在とが、上句と下句で合わせ鏡の形で対比されている。「輪郭鮮明の生を信じてありし日」の、その同時代の熱気のままに墓に眠る死者を前に、否応なく突き付けられるのは時の流れの冷厳さであり、自身の現在への自省の思いだろう。例えば同じ『反歌』所収の次の歌は、そうした忸怩たる思いを切なく伝えている。

果たせざる約束の束留めんとし予定のごとく切れたるゴム輪

ホチキスが王として国を束ね居る絵本にて長身の鋏の阿呆

前掲歌と同じ「河上へ矢印なして」より。幼い息子の絵本に取材した歌だろう。ただし道具立ては絵本そのままではなく、かなり脚色されている可能性があるが。佐佐木幸綱作品の顕著な特徴の一つとして、ある時期から寓話性、ユーモア、メルヘン性が目立つようになる。その代表例が第六歌集『金色の獅子』であり、歌集タイトルにも寓話的な感覚が明らかだが、同時期に出された『反歌』にも、掲出歌を始めとしていくつかその萌芽が見られる。それは、述べたように幼い息子たちの成長を通して、まっさらな童心の世界に触れたことが大きく関わるだろう。作品では、ホチキスが紙ならぬ国を「束ねる」というユーモアがポイント。国を束ねるのが王ならば、切断する役目の鋏は、さながら少し間が抜けたトリックスターだろうか。「長身」という語がどことなく「お調子者」に繋がる点が絶妙だ。

友の死に集える者ら吾もまた天より垂るる縄を見上げて

これも同じ一連より。「天より垂るる縄」というメタファーが衝撃的だ。それは死、運命の象徴としてある。処刑を目前にした囚人が自らの首を括るための縄を見上げるように、作者は何者かによって天から垂らされた幻の縄を見上げている。

中心をわずか外《そ》れたりいつもこうなんだと思いつつ抜くダーツの赤き矢

「身辺」より。まず「いつもこうなんだと」という長い三句が不思議にリズムを壊さず、むしろ作品のアクセントになっていることに驚く。三句の極端な字余りで成功した稀有な例である。内容としては、現実に対する不如意感を「ダーツ」に重ねて歌う。人間は多く夢の中では無力だが、この歌にもそうした手触りがかすかにある。

はにかんで五月のひかり、野のひばり、わかるよ、戦後少年なりき

「五月の死　悼寺山修司」より。初夏の光さながらの、明るい悲しみに溢れた挽歌である。「五月のひかり」と「野のひばり」が押韻による対句になっていて、言葉を小刻みに区切りながら、死者である寺山にしみじみと語りかけている。町にまだ少年少女の遊び場としての空地や原っぱがあった、「戦後」の一時期の気配がよく伝わる。

寺山修司は佐佐木幸綱の三歳年上で、二人は早稲田大学を出発点に現代短歌運動で出会い、一九六〇年代以降、対談やコラボレーション（谷川俊太郎・寺山修司・佐佐木幸綱による共同制作「祭」）などさまざまな場面で親交を深めて来た。寺山修司は一九八三（昭和五八）年五月四日、四七歳で没。

投光機の照らしし昨夜《きぞ》、辛子色の日が昇りきて
東あかるむ

「'60年の月」より。一九六〇年代は作者の青春時代であり、「六〇年安保」に代表される「政治の季節」＝学生運動の時代だった。歌集『反歌』はその時代への返し歌であり、掲載歌はそれを象徴する一首である。上句と下句で六〇年代と現在（歌集制作時における）を対比する構造は、一首目に引いた〈輪郭鮮明の生を信じてありし日よ、吾が前に立ち花噴く墓標〉と共通する。投光機の光は若々しくヒロイックな青春の高揚感を体現し、辛子色の朝日は淡い時代の手触りを伝える。そういえば八〇年代には「薄明の時代」などという言葉もあった。以下、六〇年代へのオマージュを『反歌』から引く。

酒飲めばまして目は行く、若く逝きし友ありて今日
も灯《とも》る空席

土橋にて流れ解散、月の夜は気分の酒を飲み明かし
にき

帆のごとく過去をぞ張りてゆくほかなき男の沼を君
は信じるか

個を信じ言葉信じて敗れ行く由緒正しき弱者夢見し

垂直に父はもあれと願いつるかの花季《はなどき》のわれの若さ
や

われ二十歳、むかしの雨はいつもざんざんざ土砂
降り情の土砂降り

学生時代という大鍋のごった煮の沸き立つ鍋のごと
き夕雲

一米人を乗せて舞い来しヘリの下われら群れつつ茜
して居き

雨の夜の線路を歩みつづけしか信じるという行為を
信じて

鑑賞⑨ #佐佐木幸綱

第五歌集『反歌』（2）

逃げる男の笑顔が幾度も振り返るさっきまで夕日が焼き居し扉

「男の沼」より。連作のタイトルは〈帆のごとく過去をぞ張りてゆくほかなき男の沼を君は信じるか〉による。激しく輝かしい青春を存分に生きたあとの、「中年」のしんどさが滲む歌である。それはこの歌集全体に通底するテーマでもある。そして掲出歌では「逃げる男」が歌われる。男は晴れやかな笑顔だが、何度も後ろを振り返り、どことなく淋し気だ。下句の「さっきまで夕日が焼き居し扉」は、この男が帰るべき場所を象徴しているだろう。扉の向こうにあるのは、妻子が待つ「家」であり「家庭」である。家を捨て、それまでの日常を捨てて「逃げる」男。それはいわば、そうであったかもしれない自身の可能性であり、現実としては選ばなかった、もう一人の佐佐木幸綱である。

かつて若き日、第二歌集『直立せよ一行の詩』の連作「遠ざかりゆく君へ送る歌」において、佐佐木は〈油蟬の声の重ねの寄せ返す渚辺《なぎさべ》を発《た》ち還らずという〉〈生涯逃げ続けたくとの君の葉書射込まれて吾が日常ゆらぐ〉と歌った。それは日常を捨て去って流浪の人生を選んだ「君」へのはなむけの言葉であり、裏返せば自分は自分の現状の上に踏ん張るとの決意表明でもあった。もちろん心は大きく揺らいだが、最終的には自らの立つ日常を〈現場〉として意志的に選び直したのだった。そしていま「中年」となった作者は、「逃げる」生き方を、改めて切実に自らに問う。

佐佐木幸綱は三七歳で結婚し、四〇歳で長男を、四七歳で次男を得た。のっぴきならぬ生活を自ら受け止めると決意したことで、「逃げ続ける生き方」の可能性は完全に断たれた。いや、自ら断ち切ったのである。しかし、というかだからこそ、文学的イマジネーションの世界においては、出奔し、全ての日常を捨てて「逃げ続ける」ことが、〈もうひとつの現実〉として、この時期、切実に意識されたのである。歌集『反歌』の世界は、青春と決別して、いよいよ中年期に突入した作者の、「中年の志」が揺らぎに揺らいだ時期を映し出している。そこに、私がこの歌集に今もって惹かれる理由がある。

銀色の車体に金の陽は光る、「ごらん、人生は長い電車さ」

「かたぐるま」より。中期以降の顕著な特徴の一つである、メルヘン性の際立つ作品であり、絵本の世界を彷彿させる。絵本の楽しさは、デフォルメされ単純化された構図と、際立つ色彩対比にある。この歌のキーワードも、風通しのいい「単純化」だろう。小難しく考えることはない、人生も大らかに、ごく単純に考えればいい。幼い息子に作者はそのように伝えたかったのだと思う。その時、作者もまた幼な子と同じ目線に立って、子供のまっさらな好奇心を獲得するのである。

こころざしとことはつかにずれそめぬあわれ新宿のガスタンクに雪

「夢のなかの夢」より。東京西新宿の甲州街道沿いに、巨大なガスタンクがある。薄い草色の巨大な球形のタンクが確か二基。私もかつて甲州街道を通るたびに、なぜこんな都心にこんなものがと、忽然と出現する巨大なオブジェを見上げたものだった。ちなみにこの歌から推測するに、佐佐木は二子玉川の自宅から車で新宿区の早稲田大学に通う時に、246（玉川通り）から山手通り（環状6号）を左折して、さらに甲州街道を右折（か直進）、そして西新宿から早稲田へ、というルートを通っていたと思われる。それはまあどうでもいいが、ちょうどその山手通りと甲州街道が交わる辺りに、かのガスタンクは威容を誇っている。しかも折しも、そのガスタンクに雪。

歌の構造としては、上句の抽象的心情表現に、下句で具体的な景の描写が付けられている。三句切れを屈折点とした抽象と具象、情と景の上下句における照応は、新古今以来のいわば和歌・短歌のひとつの王道だが、それは近代まで「人事＋自然」という形が基本だった。しかるにここでは、自然描写の代りに、「新宿のガスタンク」

という現代都市を象徴する景が付けられている。それはいわば「都市文明の新たな〈自然〉」である。しかもそれにさらに、古典和歌の典型たる〈雪月花〉の「雪」を配する。この、現代都市文明を無機質に象徴するガスタンクと、和歌の粋とも言える雪との配合がポイントである。そして内容的には、この歌集の大きな特徴である不如意感がここでも歌われる。

かすかなる切符を指に挾みてぞ帰る家ある吾《あ》をし悲しむ

「切符」より。まずリズム的には、「かすか」「切符」「帰る」「悲しむ」とカ行音の頭韻が踏まれ、さらに「なる」「帰る」「ある」とルの脚韻が効果的に用いられる。さらに強意の助詞「(挾みて) ぞ」と「(吾を) し」がアクセントとなっている。それらが複合して、加速度的な畳みかけのリズムを生んでいる。音楽としての歌、である。

内容は、出奔願望の断念がモチーフだと言える。出奔。それは、前に述べたように、可能性としての「もう一つの人生」であり、イマジネーションによる詩的物語の中でのみ許されるドラマツルギーである。かつて人生においても短歌においても、「激しさ」を志向した佐佐木であればなおさら、その断念は深い陰翳に縁取られている。

秋の女《ひと》りりとまぶしき日の下を行きて帰らず帰らぬがよし

『反歌』にはこのような歌もある。「行きて帰らず帰らぬがよし」。作者の「出奔」への思いはつまり、「行く」ことを極限まで突き詰める結果としてある。かつて「〈行く人〉でありたし吾は、夕霧に時間の奥行きをはかりいつ」(『夏の鏡』)と歌った佐佐木にとって、〈行く〉は最大のキーワードである。そしてまた、その「志」には次のような思いも強く反映されている。

おりるならおりよおりよと泣いて言う若きわが声、遠き寒雷　『夏の鏡』

一ヌケタ二ヌケタ三の三角の波逆立てり錆びしいかりに　同

子を殴れば揺らぎに揺らぐ、人生を降りて生きんという志　『金色の獅子』

ななめから夢に降る雪走って走って夢の私もただ逃げるひと　同

書きさして飲みに出でたる夕まぐれ'60年春以降帰らず

「伝説」より。一九六〇年春、作者は二一歳の学生だった。それは、就職する前であり、歌人として名を成す前であり、結婚して家庭を持つ前であり、そして子供を持つ前である。つまり何も人生を決定していない時期である。それ以降「帰らず」。これもやはり「もう一人のわれ」の物語であり、だからこそ「伝説」である。もちろんそちらを選ばなかったから今がある。だが、だからこそ、あったかもしれないもう一つの生き方を、流離のドラマを生きる男の伝説を、はるかに夢想するのである。

『佐佐木幸綱の世界⑯』の大口玲子作成の詳細な「年譜」によると、六〇年春の前年の五九（昭和三四）年（ちなみに私はこの年に生まれた）、成蹊大学を中退した佐佐木は早稲田に入学。安保闘争デモに参加。早稲田短歌会に入会し、小野茂樹らを知る。そして十月八日、自らの誕生日当日に父治綱が急死。これを天命として佐佐木は短歌に本格的に向き合うこととなる。世相に視野を広げれば、この五九年から六〇年前半にかけては、安保闘争が空前の高揚をみせ、高度経済成長が始まった時期だった。いわば戦後日本の「青春期」である。そしてそれはそのまま佐佐木幸綱の青春でもあった。

二〇歳、二一歳のまま行方不明になるということは、一生涯青春を生きることである。それは、青春の未知の可能性と不安を丸ごと抱き続けながら、何にも拘泥されず、「大人」にならず、決定をせず、一生を生き切る生き方だと言える。比喩的に言えば、ピーターパンやハックルベリーフィンを生きる。実は私自身、そのような人生を夢想して、中途半端にここまで来た。それだけにこの歌は私にとって、ことさら特別な意味を持つ。

武蔵野に昨夜《きぞ》も今宵も照る月の銀の現在《まさか》に賭けし女《ひと》はも

「東歌」より。「現在《まさか》」は「まさかの時」の「まさか」。原義は「目前《まさか》」であり、眼前するのっぴきならない現実のことである。また「照る月の」までが「銀」を導く序詞となっている。作品は万葉東歌〈吾《あ》が恋はまさかも悲し草まくら多胡の入野の将来《おく》もかなしも〉を踏まえて、眼前の恋に全てを賭けた古代の女性の真っ直ぐな志を歌う。

鑑賞 #佐佐木幸綱 ⑩

第六歌集『金色の獅子』（1）

『金色の獅子』は一九八九年十二月、雁書館刊。発行者は冨士田元彦。「昭和歌人集成」シリーズの一冊として出された第五歌集『反歌』（短歌新聞社刊）を除くと、初めて青土社以外の出版社から出された歌集である。装幀小紋潤。金色の箱入りの分厚い一冊で、箱には表裏二頭の唐獅子が配され、さらにタイトルと著者名が金で箔押しされている。歌集編集者として装幀も担当した小紋潤会心の、大変ゴージャスな造本である。私は、いろいろ苦労して唐獅子の日本画図録を宮内庁からやっと借りることができた、と小紋潤が語っていたのを覚えている。

笑いつつまだ笑う犬、われを措きて男あらじとまぼろしのわれ

「まぼろしの兵」より。まずリズム面では「笑いつつ」「笑う」「われを」「われ」とワ音の頭韻が踏まれ、「まだ」「まぼろし」とマ音のリフレインが加わる。

内容的には、この時期から顕著になってきた中期佐佐木幸綱の特徴である、ユーモア、メルヘン性、アレゴリー（寓意性）がよく出ている。からっと突き抜けた、肯定的な「笑い」によって、自らを「犬」の視点から相対化する。相対化はユーモアの大きな要素の一つである。

さらにそれに関連して、作品のモチーフとしてはもうひとつ、「男」の位相の変化が見据えられている。自らのアイデンティティとして「男」を主張するのはあくまで「まぼろしのわれ」であり、そうした大上段の、時代遅れの言挙げがもはやナンセンスでしかないことが意識されている。それは、「男の中の男」といった言い回しが道化《ファルス》にならざるを得ない時代を体現している。この

「まぼろしのわれ」は、その滑稽を生きるという意味で、端的にドン・キホーテを思わせる。第四歌集『火を運ぶ』の〈夏野行く夏野の牡鹿、男とはかく簡勁に人を愛すべし〉の項でも述べたが、かつてその出発において「男うた」の旗手と呼ばれた佐佐木幸綱は、性的アイデンティティの時代的な変容をそのまま体現する歌人であると言える。「男うた」を意識すればするほど、その不可能性を認識せざるを得ない、現代のアンビバレンツを佐佐木は見詰めている。

父として幼き者は見上げ居りねがわくは金色《こんじき》の獅子とうつれよ

これも「まぼろしの兵」より。父性神話復活への願望、と読めなくもないが少しニュアンスが違う。この第六歌集『金色の獅子』の最大の特徴はユーモア、メルヘン、寓話への志向である。そのタイトルとなったこの歌も、「強い父」がメルヘンの世界の中に相対化されており、内容的には前作で述べた「滑稽を生きる」という意志と繋がる。「金色の獅子」は、言うまでもなく現実世界には存在しない。存在しないからこそ、その現代のメルヘンに込められた願いは切なさを増す、とも言える。

願い、願望、希求。それはある意味で「たてまえ」である。「本音」が現実に対応するとすれば「たてまえ」は理想に対応する。「たてまえ」には表裏の意味があるが、理想としての「たてまえ」という視座に立つとき、良い意味での「たてまえ」の大切さ、といったものが浮かび上がる。この歌に即して言えばそれは、願いとして子供たちに残す、理想、志の大切さである。我々は現実を生きるだけではなく、現実の向こうの理想を生きている。その理想は人によって違うし、また違っていいが、たぶんそれを「志」と呼ぶのだろう。その意味ではこの歌は、メルヘンに託して歌われた、それぞれがそれぞれの志を愚直に生きてほしいという〈言葉のバトン〉である。この歌の獅子にはどこか、ヘミングウェイの「老人と海」の結末の夢の中に登場するライオンのイメージ、さらには「キリマンジャロの雪」で描かれた、無謀にもキリマンジャロ山頂を目指して凍死した豹のイメージがある。それらはまさに理想・希求・志・誇りのメタファーとしてあった。ちなみにこの歌集の次の歌集『瀧の時間』には〈男の時代過ぎし時代のマッチョにて荒き胸毛の輝く写真〉〈立って書く作家というさえ驚かれあこがれしころ銃は撃たれき〉といった、ヘミングウェイを歌った作品がある。
『金色の獅子』からさらに、メルヘンとしての動物の歌を抄出しておきたい。

しつこさは楽しさなるらしカッコウがゴーシュにセロをねだれば笑う

指させば子よ白犀が偉大なる愚直の如く立てり歩めり

子よ父は個性を言えどしかすがに大蟻食の貌の長さよ

わが庭を過ぎ行く二匹、春の雪蹴りつつ股旅おとこのごとし

南より来たれる猿の親と子と吾ら親子と濡れて向き合う

「帯広動物園にて」より。歌集『金色の獅子』の大きなテーマである〈父と子〉が歌われる。〈父と子〉は元々、佐佐木の短歌のメインテーマの一つだった。それは、自らの誕生日当日の父・治綱の急死が幸綱の短歌の出発点となったことと大きく関わる。ただ、初期においては父と子の関係が、主に父・治綱と息子・幸綱、という一方通行の関係から捉えられていたのに対して、息子を得たことでこの『金色の獅子』では、父としての視点が加わったことが特筆される。そのことによって、新たに親子関係の相対化の視座が生まれた点がたいへん重要である。それについては、また改めて見る。
掲出歌も、親の側、父の側からの感慨である。「向き合う」が示すのは、幸綱親子と猿の親子とが、まさに「親と子」であるそのことによって、対等な関係をもって互いの存在を見返し合っている点である。それはある意味で、それぞれの（特に父の側の）孤独を確かめ合うことである。ここに、個人的な親子関係が、本質的な人間探求へと開かれてゆく契機が生まれる。歌集からさらに〈父と子〉にまつわる作品を挙げておく。

ただに大きく四角くクレヨンの父の顔、父の顔とはわたしの顔か

風邪の子を膝にひらける図鑑にはぶろんとさうるすしのぐなあさす

中年も子供のような顔つきのばあばりしいぷの父かも　あはれ

どれが兄どれが弟どれが親プレリードッグは考えて

いる
並び立つキリンの親子反省のごとき反芻二つの孤独

かぜのとのとおきみらいをかがやきてうちわたるなりかねのひびきは

「長谷寺の鐘の歌」より。鎌倉にある長谷寺の鐘が一九八三年に新鋳された。なんと七二〇年ぶりだという。一九八三年の七二〇年前と言えば一二六三年。鎌倉時代、北条氏の執権の世である。そして新しい鐘はこの先また七二〇年間使用されるという。なんとも気の遠くなる話だが、その新しい鐘に献歌として刻み付けられたのがこの歌である。佐佐木は「心の花」一九八四年一月号の「短歌の現在」で次のように述べている。「七〇〇年という具体的な時間を前にして作歌したのは、はじめてであった。〈私〉の小ささを徹して自覚しつつ作歌したのも、はじめての体験であった。いったん発表した歌は、もうとりかえしがつかないとは常々納得しているつもりながら、その納得の度合いの淡さをあらためて反省させられた」。まこと「とおきみらい」である。

作品は梵鐘の歌だけあって、特に〈ひびき〉に重点が置かれている。ひらがな書きも「音」としての短歌、音楽としての短歌を強く意識したものだった。そして音韻。「かぜ」「かがやき」「かね」と頭韻が踏まれる。さらに「かぜ」「かね」の相似形がリフレインの効果を上げている。また「かぜのとの」の「と」が「とおき」と響き合う。「かぜのとの」は漢字で書けば「風の音《と》の」。「KAZE-NO-OTO-NO」の「NO-OTO」の部分の「O-O」の重なりが一つになって「のと」と転訛した形である。「かぜのとの」は枕詞で「遠き」を導く。まさに風が遠くまで音を、そして思いを運ぶ感覚である。

佐佐木は現代において最も意識的に枕詞（と序詞）を用いて来た一人である。古典的枕詞だけではなく「創作枕詞」も多い。「古典と現代との架橋」の意志である。

夏草のあい寝の浜の沖つ藻の靡きし妹と貴様を呼ばぬ　『群黎』

蓑虫の宙吊りの日々生くるよと果敢無事《はかなしごと》を言いて別れぬ　『反歌』

ぬばたまの夜のフライトあかねさすスチュワーデスは毛布運び来　『金色の獅子』

むらさきの半蔵門線みずくぐりすいてんぐうにちかづきにけり　『アニマ』

鑑賞⑪

佐佐木幸綱

第六歌集『金色の獅子』（2）

しゃぼん玉五月の空を高々と行きにけり蚯蚓《みみず》よ君も行き給え

「春・東国」より。「君も行き給え」とミミズに呼びかけている歌。この「給え」には、理屈なくただありのままに自らを生きる、その計らいの無さへの敬愛と共感が込められている。感じられるのは、ミミズを自身と同等に見る視線だ。同志、仲間としてのミミズである。そうした視線は、作者の動物の歌全般に共通する。

そしてこの歌にもまた、大らかで肯定的な童心は紛れもない。歌集『金色の獅子』の特徴であるメルヘン、ファンタジー、寓話性がよく示されている。寓話のポイントは、動物の登場、擬人法、（押韻などによる）言葉の音楽性、オノマトペ、デフォルメによる大胆な構図、鮮やかな色彩の対比、などがあげられる。絵本の世界がまさにそうだが、この歌でも、初夏の空の青を背景とした、しゃぼん玉とミミズの取り合わせが楽しい。

そうした大らかで風通しのよい童心の歌を『金色の獅子』からさらに挙げる。

しつこさは楽しさなるらしカッコウがゴーシュにセロをねだれば笑う

百日紅の花咲く上をふんわりと越え行く夏休みの子の竹とんぼ

氷イチゴはじめ一さじ中年になりても口に夏の海満つ

高ぞらに嬉々として宵を遊び居し雷親子の行方を思う

掲出歌のもう一つのポイントは、佐佐木幸綱の大きなキーワード「行く」である。その語が示すのは彼方への視線であり、現状に自足せず「ここ」から遠くへと旅立つ心である。それは、言葉を変えれば「志」ということになる。「行く」歌を挙げておく。

俺を去らばやがてゆくべしぬばたまの黒髪いたくかわく夜更けに　『群黎』

〈行く人〉でありたし吾は、夕霧に時間の奥行きをはかりいつ　『夏の鏡』

帆のごとく過去をぞ張りてゆくほかなき男の沼を君は信じるか　『反歌』

秋の女《ひと》りりとまぶしき日の下を行きて帰らず帰らぬがよし　同

春の芝の上を這いゆく幼な子を行け行けと見て居たりしこころ　『金色の獅子』

肩車して多摩川の瀬を渡る春の父と子否祖父と父

「春・東国」より。幼い息子を肩車している場面。父は作者本人と読みたい。肩車してただ川を眺めているのではなく「瀬を渡る」点がいかにも佐佐木らしい。親子での「渡河」の歌である。「川を渡る」イメージは万葉の「己が世にいまだ渡らぬ朝川渡る」以来、人生の転機を象徴するものとしてあった。この歌にも未知へ漕ぎ出す感覚がある。

　作品の一番のポイントは下句。「父と子」の位置が〈時間〉の中に相対化されている。それは、幼い幸綱とその父・治綱の過去の姿をも彷彿させつつ、未来における自らと息子との「祖父と父」という立ち位置への予感としてクローズアップされている。息子の「父」であるという「絶対的」な位置取りは〈今〉だけを基準としたものである。それに対して、過去・未来を視野に入れれば、今は瞬時に相対化される。その発見、驚きが作品のモチーフである。そうした〈われ〉の立ち位置の相対性は、もちろん誰においてもそうだと言えるが、作者がこの少し前に子供を得たことで、「存在の相対性」が、この時期驚きをもって改めて強く実感されたのだった。さらに、曾祖父・弘綱、祖父・信綱、父・治綱、そして幸綱…と続く「歌の家」の世代の継承が、作者の個人的な特殊事情として、この歌の背景にあるだろう。そうしたリレーの中にあって、以前の作者の立ち位置は祖父・信綱の孫、父・治綱の息子、という側面が強かったが、それが大きく転位したのだった。その記念碑的な一首である。そしてまた、自らの相対的な位置の発見は、父としてのみ見ていた治綱の、信綱の子としての面を再認識してゆくことにも繋がってゆく。ちなみに、作歌時点で未来への予感としてあった「祖父と父」は、先年息子・頼綱が子供を得て父親となったことで、いま現実のものとなった。

「われの相対性」への気づきと驚きをモチーフとした作品を、さらに挙げる。

祖父・父・我・我・息子・孫、唱うれば「我」という語の思わぬ軽さ

ただに大きく四角くクレヨンの父の顔、父の顔とはわたしの顔か

中年も子供のような顔つきのばあばりしいぷの父かもあはれ

打ち乱れ打ち乱れつつかにかくにわがたてまつる白菊の花

「わくらばに」より。同連作には「悼石川一成」とサブタイトルがつけられている。石川一成は、一九二九（昭和四）年千葉県生れ。神奈川県で高校教員・教頭を務め、また中国重慶に日本語教師として赴任。「心の花」で佐佐木信綱・治綱に師事し、歌集に『麦門冬』『沈黙の火』ほか。遺歌集『長江無限』。一九八四年十月、五五歳で交通事故死。佐佐木幸綱にとっては〈さすたけの君をしも遠く火を運ぶ先達として我は来にしを〉という存在だった。佐佐木が弔辞を述べた藤沢市辻堂の斎場での通夜・告別式に、私も参列した。雨の中、教え子の中国の留学生たちが号泣していた姿を今も覚えている。

小綬鶏は呪文続けていたりけり遠けども朝まぎれなき声

「父の顔」より。始まりの予感に満ちた朝の歌である。「小綬鶏」の「じゅ」が「呪文」と響き合い、歌の音楽性をもたらしている。こうした予感の歌の系譜としては、〈夏雲の影地を這って移りゆく迅さ見ていてひびきやまざる〉〈何が終る何が始まる立春の地平照らしていま八雲立つ〉といった作品（『直立せよ一行の詩』）も忘れられない。掲出歌を含めていずれも、ごくシンプルな太い線で描かれた視界の広い歌である。

絵本の王子鋭く痩せて旅行けり荒野に立てる虹をくぐりて

「子守歌」より。〈行く〉歌である。安逸な現状を捨て、未知へと投企する人生の出立が歌われる。「鋭く瘦せて」から、ストイックな志の悲劇性が伝わる。また「荒野に立てる虹をくぐりて」がイメージさせるのは、人生という長い旅の、ヒロイックで波乱に満ちた予感である。「絵本の王子」のメルヘンが、寓意性をもって人生を象徴する。

『金色の獅子』および、ほぼ同時期の作品を集めた第五歌集『反歌』から、さらに寓意性・寓話性を特徴とする歌を挙げておきたい。

苦しみて注釈を書けるわれに子は銀の変身ロボットを持たす　『金色の獅子』

轟々と雷《らい》の爆撃機近づけり絵本の中に平和戻るころ

鮮烈に純白の蝶生まれたり円盤の月墜ちし静寂《しじま》に

跳びはねるカッター、コンパス、変転の紛争陰謀楽しきが如　『反歌』

銀色の車体に金の陽は光る、「ごらん、人生は長い電車さ」

起立せよ！　影、否、言葉、子よ父は人生に幾度立ち遅れたる

「緑せよ！」より。この少し前に「五月十九日」という一連があり〈桃の実の小さき五月十九日われに二人目の男の子来《お》たりぬ〉と歌われている。次男・定綱の誕生を歌った作品である。掲出歌もまた、そうした「誕生」の祝歌《ほぎうた》という文脈で読むべきだろう。

連作一首目は〈緑せよ！　わが緑児の見る夢の地球・鉄棒・やまと言の葉〉。この「緑せよ！」は、新生に際しての自然への呼びかけである。それは遠く柿本人麻呂の「靡けこの山」と響き合っている。すなわち現代の「言霊」として、作者は真新しい誕生の光に溢れる自然界へ、世界へ、呼びかけている。そして「起立せよ！」。新生児に「立て」と願うのはいくらなんでも早いから、この「起立せよ」は魂の「起立」を願う祈りである。「直立せよ一行の詩」と同じ祈りがここにある。直立、そして起立。「言霊」というキーワードでその両者は繫がっている。新生児が初めて見る、まっさらなこの世の光と影。それは自然界の言葉として降り注ぐ。上句の小刻みな切れが、世界の感触を恐る恐る確かめ、気配に耳を澄ます緑児の五感を伝える。緑せよ！　起立せよ！

鑑賞⑫ 佐佐木幸綱

第六歌集『金色の獅子』（3）

雲豹《うんぴょう》が地をけり雷がしんしんと天の深処を渡りゆくなり

「動物たちの歌」より。この一連は、とんぼ、蝸牛から化石恐竜「ぶろんとさうるすしのぐなあさす」まで、二三首すべてを動物の歌で通した連作である。振り返れば、佐佐木の第一歌集『群黎』の巻頭に置かれたのは、檻の中の動物に現代人の人間疎外を重ねた主題制作「動物園抄」だった。それは、歌集デビューに当たって、近代短歌の「写生」「自然詠」を象徴する植物の〈静〉に対して、「動物」の〈動〉を対置するというビジョンであり、動物たちの真裸の存在の肉体性と力動性《ダイナミズム》は、佐佐木幸綱の世界をよく体現していた。この「動物たちの歌」はその「動物園抄」と呼応するもので、作者の原点を改めて思い出させてくれる連作となっている。

掲出歌。「雲豹（ウンピョウ）」はヒマラヤ、中国山岳地帯からマレー諸島に棲息する小型の豹で、灰黄色の体に黒く大きな斑紋がある。つねに単独で行動し、早朝と夕方に狩りをする肉食獣で、木の上に潜んで自分よりはるかに大きい猪や鹿を襲う。作品ではその雲豹の「雲」のイメージと謎めいた生態から、神話的、伝説的な感触が生まれている。それが「雷（らい）」「天の深処」を導き、さらに「しんしんと」という語とも相まって、太古から続く悠久の時間のプリミティブな手触りを伝えている。雲、雷、天の深処。極大の視野で捉えた自然界のスペクタクルの中で、単独の豹がしなやかに獲物を狙う。その存在の充実ゆえの孤独をも、併せて読みたい。

文芸は一代《ひとよ》を越えんしかすがに永遠へ吹く風の冷たさ

「おほほしく」より。文芸・詩歌自体を歌った作品である。歌壇には、「歌の歌」すなわち短歌で短歌を歌った作品で知られる歌人が何人かいる。現代短歌におけるその代表は、塚本邦雄、岡井隆、そして佐佐木幸綱だろう。

すでにして詩歌黄昏くれなゐのかりがねぞわがこころをわたる　　塚本邦雄

歌のほかの何を遂げたる　割《さ》くまでは一塊のかなしみの柘榴《ざくろ》

詩歌などもはや救抜《きゅうばつ》につながらぬからき地上をひとり行くわれは　　岡井　隆

歌はただ此の世の外の五位の声端的《たんてき》にいま結語を言へば

直立せよ一行の詩　陽炎に揺れつつまさに大地さわげる　　佐佐木幸綱

詩歌とは真夏の鏡、火の額を押し当てて立つ暮るる世界に

文芸の中でも短歌は、その歴史の長さから特に〈継承と革新〉を二つの絶対的な軸として展開して来た。「一代を越えん」にはそうした短歌のアイデンティティが集約されている。そして作者はそのあとに「しかすがに（それはその通りだが）…」と自問するのである。長い短歌史の遥か向こう側に「永遠」を幻視した時、一代の人間の人生は徹底的に極小化される。その圧倒的な時間の冷厳に突き当たる時、われわれは絶句する。

佐佐木の作品の背後に常にあるのは「古典と現代との架橋」という命題である。その象徴として、枕詞、序詞の再生がある。以下、代表的な序詞の用例を挙げる。

夏草のあい寝の浜の沖つ藻の靡きし妹と貴様を呼ばぬ　『群黎』

あじさいの花の終りの紫の濡れびしょ濡れの見殺しの罪

金雀枝《えにしだ》の花の盛りの黄金《おうごん》の枝垂《しだ》れなだれて今日の疲れよ　『直立せよ一行の詩』

針山なす銛が輝く白鯨の重き沈みのごとき睡りへ

泣くおまえ抱《いだ》けば髪に降る雪のこんこんとわが腕《かいな》に眠れ　『夏の鏡』

ゆく水のうつせる若葉若き声ささげて立てる最初の歌人　『火を運ぶ』

武蔵野に昨夜《きぞ》も今宵も照る月の銀の現在《まさか》に賭けし女《ひと》はも　『反歌』

一輪とよぶべく立てる鶴にして夕闇の中に莟のごとし

「莟の鶴」より。塚本邦雄が絶賛した作品である。具体的には「短歌」一九九五年九月号の「鶴の主題」の文中で、塚本は（かつて佐佐木の歌人としての出発に当たって）「この稀なる歌人が、独自の美学を創出することを翹望した」のだったが、その達成として「この『莟の鶴』は比較を越える大きなものであつた」と讃える。ポイントとして挙げているのは「典型」の凝縮度である。「美学」、そして「典型」。いかにも塚本らしい評価基準だと言える。確かに、比喩を一首の核に据えたこの幽玄体には、佐佐木には珍しい「美学への傾斜」が見られる。「幽玄」とは幽《かそ》けく暗い、気配の世界である。薪能に象徴されるようにそれは、トワイライトの中にうっすらと気配だけが揺曳する「秘すれば花」の朦朧体であり、視力を半ば失った北原白秋が晩年に辿り着いた、（新古今和歌集を踏襲した）「新幽玄体」「新象徴主義」をも思わせる。塚本の絶賛の理由はまさに、新古今的幽玄体の「美学」の完成度にあった。「一輪」と認識され「莟」と命名されることで、一羽の鶴に、つつましく恥じらいのある「花」の開花が幻視されている。

女《ひと》はいま丹念に手を洗うらし洗われて過去は鮮《あたら》しくなる

「野球少年」より。「洗う」から「洗われて」への〈洗う〉の意味の転換がポイント。単純に手を洗う動作が、下句では象徴性を帯びた「洗う」に変化している。この「洗われて」でまず思い出すのは、「（悪事などから）足を洗う」という慣用句である。そういえば「（悪事に）手を染める」という語もあった。何かに手を染めてしまった過去から、足ならぬ手を洗う。一度ついた汚れを洗い流すことで、過去が刷新されることを願って。

そう考えるとこの上句は、シェイクスピアの「マクベス」を連想させる。罪を犯して血に汚れた過去を清算しようと、マクベス夫人は執拗に手を洗い続けた。それは罪を洗い流す儀式だったと言える。掲載歌は、「洗う」をめぐる思考の冒険である。

二等辺三角形の山ありて四日見つめて悲しくなりぬ

「旅の男」より。私の愛してやまないユーモアの歌で、もはや一つの到達点に達していると思う。旅先に四日間、のんびりと滞在する。窓には見慣れない山が見える。初めはぼんやりと眺めていたが、ふと、その山が正しく二等辺三角形をしていることに気付く。それから作者は「ながめる」のではなく「見つめ」始める。気になって、折に触れて注視する。だが、それも四日で飽きた……。

「二」「三」「四」の（ある意味でばかばかしい）並び方が絶妙で、読者は変なくすぐったさを感じる。脱力する。その感覚を「ナンセンス」と呼ぶ。作者はなぜ「悲しく」なったのか。「二」「三」「四」の並びの、余りにも単純明快な分かりやすさに、である。

のぼり坂のペダル踏みつつ子は叫ぶ「まっすぐ?」、そうだ、どんどんのぼれ

「五月の歌」より。「五月十四日（土）　頼綱へ。」と詞書がある。約一ヶ月分の〈日付のある歌〉の中の一首である。自転車を立ち漕ぎする息子の躍動感を、スピード感のある声のやり取りが増幅する。このままどこまでも真っ直ぐ、どんどん登れ。この歌も〈行く〉うたであり、先に文中で紹介した〈春の芝の上を這いゆく幼な子を行け行けと見て居たりしこころ〉と同じ願いが歌われる。

開ければ扉、開けても扉、旅情という古風《かぜ》に即《つ》きて来たる風旅館

歌集巻末の「中年の日焼けの貌」より。最初に「代々木上原の高柳重信氏宅に通ったころのことを思う。私の学生時代である。」という詞書がある。そして歌の前に置かれた高柳重信の多行書きの俳句と呼応する形で、それぞれの作が並べられている。掲出歌の前に置かれた重信作品は〈「月光」旅館／開けても開けてもドアがある〉である。

佐佐木の一首は、この句の「月光」に対して、「風」で挨拶を返している。その「風」のイメージが「古風」と響き合う。「古風」とは、過去から吹いて来る風である。作者が重信の「開けても開けてもドアがある」から受け取ったインスピレーションは、時間に裏打ちされた短詩形文学の〈叙情〉の、だまし絵のような奥深さではなかったか。その迷路のようなイメージへの献辞《オマージュ》が、この歌だと読んでおきたい。

鑑賞 佐佐木幸綱⑬

第七歌集『瀧の時間』（1）

『瀧の時間』は一九九三年十二月、ながらみ書房刊。一九八八年秋（前歌集『金色の獅子』への収録作品以後）から一九九二年春まで（その春、海外研究員としてオランダに一年滞在するその直前まで）の作品が収められている。この時期、昭和天皇崩御、平成改元、中国天安門事件、ベルリンの壁撤去、東西ドイツ統一、湾岸戦争、ソ連のペレストロイカ、ワルシャワ条約機構消滅、ソ連解体、そしてバブル崩壊と、国内も世界も激動の時代だった。そうした時代を背景に、歌集『瀧の時間』は、ヨーロッパの劇的な変化が伝わるオランダ・フォルスコーテン市の「運河の見える家」でまとめられた。

歌集全体の大きなテーマはまず、歌集タイトルにもある通り「時間」である。歴史、時代、季節、そしてまた年齢に象徴される人生の時間などが、多角的に歌われている。特に歴史などの「大きな時間」に対する、日々の「小さな時間」の大切さが視野に入れられている点に特色がある。若き日から、時間を歌う場合にも空間を歌う時も出来るだけ「遠く」を見ようとしてきた作者の、「近景の発見」がここにはある。

もうひとつのテーマは、「情報」の問題である。マスメディアに代表される間接的な「情報」が絶大な影響力を持ち、価値として独り歩きする時代における、〈現場性〉や〈実存〉の問題がクローズアップされている。実存主義と、それに密接する人間性の疎外の問題は佐佐木の出発点であり、その後も佐佐木は「いま・ここ」である現場の、実感や肉体的な存在感を継続的に歌ってきた。その問題意識の延長線上に、この歌集の「情報」の問題もあると言える。『瀧の時間』は迢空賞を受賞した。作品を見てゆく。

火も人も時間を抱くとわれはおもう消ゆるまで抱く切なきものを

「火も人も」より。歌集巻頭歌。まず注目するのは「火」と「人」が等価なものとして並列されている点である。当然「ひ（も）」「ひと（も）」という頭韻＋リフレインによる音楽性は意識されただろうが、さらにここには、「消ゆるまで」が示すように、両者を燃えるもの、さらには限りある命・熱量、として同一視する認識が示されている。そしてさらに「火」と「人」は下句で「切なきもの」と言い換えられる。この「切なさ」は、命の有限性に根差しつつ、この世の全ての根幹をなしている。その有限性をもたらすものこそが「時間」なのだった。佐佐木幸綱は、歌集が迢空賞を受けた折の新聞インタビューで「私も影響を受けた前衛短歌運動は、明治以来の日常に根付いた歌を否定した訳ですが、歌の力はやはり、ある種の現実とのパイプによって、保たれねばならない」と述べている。その「現実とのパイプ」の究極が、すなわち「時間」だと言える。

あまたなる昔の時計しんとして並べり遠くだれの足音

「昔の時計」より。場面としてはまず時計店を思い浮かべる。だがこのアンティークな時計屋は、奇妙に静かで厳粛な気配を湛えている。例えば、人のほとんど訪れない、石造りの博物館の黴っぽい空気と、どこからかごく淡く差す光の感触。そこには過去の時間が陳列されていて、どれも昔の記憶を刻んでいる。時間とは人生そのものであるとすれば「昔の時計」には死者のイメージが濃い。遠くから微かに足音がする。それは、この世をすでに去った懐かしい人の気配である。死者の時間は、その人を思い出す誰かがいる限り残り続ける。その意味で死者は生き続けている。静かで、厳粛で、どこか懐かしい、記憶の小部屋の中で。「時のアレゴリー」と言うべき歌。

ああこんな処に椿　十年を気づかずにこの坂を通いぬ

「黒衣」より。年を重ねることの感慨が実景に重ねて歌われ、人生的な寓意性を持つ。注目するのは十年という時間のスパンである。一年の四季の移ろいではなく、百年、千年という遠大な時間でもなく、十年。ここまで百年、千年を意識的に遠望して来た作者にとっての「十年」の意味と重さを思うのである。それは「いま・ここ」の実感がつぶさに及ぶ、おろそかならざる人生の時間単位である。「気づかずに」には、遠くだけを見ていては見逃してしまう「近景の発見」「小さな時間の発見」の感慨が込められている。それは、この歌集のモチーフ、コンセプトをよく示している。

ベルリンの壁に穴あき　穴をくぐりはずむ人体をテレビは映す

「八十年代最後の秋」より。ベルリンの壁が壊されたのは一九八九年。十一月九日にまず東ドイツ当局が壁を撤去し始め、十一月十一日から東西両ドイツ市民が壁の破壊に参加した。まさに「八十年代最後の秋」の衝撃的なシーンだった。

作品では、上二句の政治的・時代的な大状況と、下三句の具体的な現場性とが一字空けを挟んで対置されている。上二句の概括的な〈情報〉に対して、下三句ではそうした〈情報〉から零れ落ちてしまう生身の存在感や現場の生な空気が捉えられる。それを象徴するのが「人体」という語である。次々に穴をくぐる人体。はずむ人体。テレビというマスメディアが、映像としてははからずも伝えた人間の肉体の存在感、その汗や体温に作者は注目する。それは「歴史」「時代」といったタームで概括すると見えなくなってしまう、現場の一人一人の人間の〈実存〉である。

そうした「情報と現場」「情報と存在」の問題は、この歌集において、次のような歌でも同じように見据えられている。

われの遂に見るなかりけん現実のクェートの砂を走れる戦車
スカッド・ミサイルを飾れる表紙霧の街に高く積まれて人ら群れたり
レンズの目集りやがて去りしのち　いかなりけん殺されし者の体は
湯上がりの浴衣にて見るテレビにて素早く向きを変え行く戦車

一首目では、テレビなどの伝える情報と、作者が当事者として生きる現実との隔たりが歌われる。二首目、三首目では、情報に群れる「人ら」の存在感や、殺された者の「体」という実体を介して、情報と現実との遠近、遠さと近さが手探りされている。四首目では、作者の現在地としての「小さな時間」の手触りと、その対岸にあるとも見える世界の現場の手触りとが並列されている。いずれも「情報と実存」というテーマの延長線上にある歌だと言える。

嘆き合う冬のヒマラヤ杉二本　月出で来てもなお
嘆き合う

「冬の遠景」より。これは擬人法の歌ではない。アニミズムの歌である。擬人法とアニミズムは全く似て非なるものである。根源的に違う。擬人法は意匠でありレトリックでありファンタジーである。対してアニミズムは思想であり哲学である。哲学とは、「いかに生きるか」を問うことに他ならない。アニミズムに立てば、生物だけではなく万物がいのちを持ち、心を持ち、言葉を持つ。いのち、心、言葉。この二本のヒマラヤ杉もまた、いのちを持ち、心を持ち、言葉をもつ。さらには古老の叡智をもって深く嘆いている。時代を嘆き、人間を嘆き、地球を嘆き、そしておのれを嘆いている。その嘆きは、やさしく地上の夜を包み込む月の光をもってしても昇華し切れない。

佐佐木は、その出発からアニミズムを作歌の根本に据えて来た。それが「万葉」に繋がり、「言霊」への強い関心に繋がり、古代と現在、古典と現代の往還に繋がっている。俳人・金子兜太と深く信頼し合っていたその根本にも、アニミズムの哲学があった。初期作品からアニミズムに関わる作品を挙げておく。

さむい川だが渦巻き走り進みゆき潔しいっさんに過
ぎゆくものは　『群黎』

ゆく秋の川びんびんと冷え緊まる夕岸を行き鎮《しず》めが
たきぞ

竹に降る雨むらぎもの心冴えてながく勇気を思いい
しなり　『直立せよ一行の詩』

いま言わざれば言えぬ数々口腔に犇《ひし》めく時し土砂降り
の雨

夏雲の影地を這って移りゆく迅さ見ていてひびきや
まざる

何が終る何が始まる立春の地平照らしていま八雲立
つ

鑑賞 佐佐木幸綱⑭

第七歌集『瀧の時間』（2）

孤独なる虎が歩ける装飾窓《ウインドウ》傘傾けて廃墟を来れば

「冬の遠景」より。「装飾窓」はショーウィンドウのことだろう。場面としては、その中に展示された広告写真などの虎をイメージする。ただ、この作品にはそうした現実的な読みを越えた物語性と象徴性がある。それは「孤独なる虎」と「廃墟」の語による。ショーウィンドウは、いわばアメリカ型高度消費文明の華である。この歌ではそこに、孤独と頽廃のイメージが重ねられている。爛熟した物質文明の雨の中で、飾り窓に幽閉された虎も作者も孤独である。唐突かもしれないが私は、ハリソン・フォード主演の映画「ブレードランナー」を思い出した。あの映画の舞台となった近未来都市のスラムは、派手な電飾でごてごてと飾られ、いつも陰鬱な雨が降っていた。あるいはまた、現代都市文明を象徴するニューヨーク。この歌はどこか、野生の大地から突然ニューヨークへ連れて来られた「密林の王者」ターザンの孤独をも思わせる。

白き坂のぼりつつおもう　尾はことに太きがよろし人もけものも

「尾の重さ」より。「白き坂」と太き「尾」。この歌もまた寓意的な作品である。「尾はことに太きがよろし人もけものも」。そう言われたら、急にそういう気がしてくる。「人もけものも」というからには、人間にも尾があることが自明だという前提に立っての言葉である。では「尾」とは何か。佐佐木の語彙で言えば「人間の中の最も自然な部分」である。佐佐木は第一歌集『群黎』の「あとがき」に次のように述べている。「歌うことの基盤に、私は私の中でもっとも「自然」である部分、つまり内臓的な生理感覚とか動物的な本能とかを据えようと試みた」。

自然、天然、野生、動物性。その先にはやはり、万物に備わる「アニマ」(魂、スピリット、生命力)、を存在の中心に置くアニミズムの思想がある。それはフランスの文化人類学者レヴィ・ストロースが述べる「野生の思考」とも繋がる。ブラジル奥地に調査に入り、智慧をもって自然と共存する人々に出会ったレヴィ・ストロースは、西洋型文明から外れた暮らしも決して「野蛮」でも「未開」でもないとして、近代的合理主義を批判した。「尾」はまさに、近代合理主義以前の、人間や動物、生命の根っこである。

地上には雪降る夜の地下鉄にさくらをいだき過去へゆくひと

「緑の徳利」より。やはり寓意性を核とする作品である。まず「雪」「夜」そして「地下」と、視界を遮るものが三つ設定されている。明瞭な世界から朧な世界へ。クリアーな視界が〈現実〉〈現在〉を象徴するとすれば、おぼろな視界は過去へと繋がる。下句の「さくら」から伝わるのは、日本人の精神史であり、伝統、古典、幽玄の美である。さらに言えば桜の季節の「春の雪」からは、ふと二・二六事件なども想起される。この過去の小暗さ、回想の小暗さは、歴史(=通り過ぎて行った時間)の小暗さである。

伝統と現在との往還は、佐佐木の短歌の大きな柱の一つだが、その両者を結び付ける回路が他ならぬ「地下鉄」であるところに、現代の寓話としてのこの歌の味わいがある。さらに、伝統と現代、古典と現代の往還が強く意識された歌を挙げておく。

魂をたとうるに雷《らい》をもってせよ今日遠雷《らい》は古代のあたり

人と人をつなぐ夢想の鳥かげの月光にたつ古歌の言葉よ

あすは古典へ再び発たんみずからへさらば夕凪の如き男

降る氷雨あはにな降りそ萬葉の朝川を渡る女《ひと》若ければ

歌はついに祈りに終りたりしこと白銀《しろがね》飛沫《しぶ》く中世和歌史

いずれも第三歌集『夏の鏡』より引いた。同歌集の後記で佐佐木は、「古典と現代を架橋する試み」を言い、「李白の伝統と革新の接点に立とうとする志をいよいよ敬慕しはじめている」と述べている。

前世は鯨　春の日子と並び青空につぎつぎ吹くしゃぼん玉

「前世は鯨」より。まず〈前世は／鯨　春の日／子と並び／青空につぎつぎ／吹くしゃぼん玉〉というリズムに注目する。言葉が楽しそうに揺れて弾みつつ、まっさらな童心を伝えている。特徴的なのは、歌柄の大きさ、計らいの無さである。窮屈にちまちま、こじんまりとしていない。クジラの茫洋とした存在感そのままの、大らかな寓意性が嬉しい。佐佐木の好んで歌う動物の歌は、植物の〈静〉に対して文字通り〈動〉を伝える。アニマルはアニマ、アニミズムに通じ、さらにアニメーションに繋がる。いずれも〈生動〉に関わる用語であり概念である。大らかな童心の歌をさらに挙げておきたい。

さらば象さらば抹香鯨たち酔いて歌えど日は高きかも　『直立せよ一行の詩』

夏雲に似て夏雲にほど遠き晒し鯨を嚙むさびしさや　『火を運ぶ』

銀色の車体に金の陽は光る、「ごらん、人生は長い電車さ」　『反歌』

しゃぼん玉五月の空を高々と行きにけり蚯蚓《みみず》よ君も行き給え　『金色の獅子』

氷イチゴはじめ一さじ中年になりても口に夏の海満つ　同

明るすぎる時代の目には見えにくい原子の雲の芯の火の色

「歴史Ⅰ　一九九〇・八」より。「原子の雲」は、原子爆弾のいわゆる「きのこ雲」だろうか。連作タイトルの「歴史」という語と八月という日付が、否応なく広島と長崎の原子爆弾を想起させる。毎年、八月になるとテレビなどで繰り返し写される、原子爆弾投下後のきのこ雲の写真や映像。しかし、刻々と黒い異形の形が空へ伸びてゆくその雲の下で、撮影時のリアルタイムで何が起こっていたかは、現実の映像としては残されていない。もちろん、知識としては知っている。「現場」に居合わせてしまった人々の夥しい証言や、資料館の展示物や、そして原爆文学といわれる多くの記録や、「この世界の片隅に」や「黒い雨」などの映画、また竹山広の『とこしへの川』などによって、私も知識としては知っている。だが、手に余るほど事が大き過ぎて、壮絶過ぎて、その雲の下でリアルタイムで起こっていたことに、実感や想像力がとても追い付いていかない。知識として知っていることが血肉化されない。それが「体験」しなかった私の本当のところだ。

現在でも、そのような思いを感じる出来事は多い。「情報と実際」「情報と現場」の問題がここにもある。この歌を比喩的に読むならば、「雲」は輪郭のあいまいな、ぼうっと捉えどころのない時代の空気であり雰囲気である。そして「芯の火の色」は、現場の具体、核心、本質である。あの雲の中で何かは確実に起こっている。しかしその「芯」になかなか実感がたどり着けない。そのような焦燥を歌った作品と読みたい。

鶴を折る　ひさびさに鶴を折るゆびの指の記憶の根もとに戦火

これも「歴史Ⅰ　一九九〇・八」より。「鶴を折る…鶴を折るゆびの」「折るゆびの、指の根もとに」。進んでは半歩戻り、立ち止まって確認するようなこのリフレインが、記憶をたどり、その奥をおそるおそるのぞき込む感覚を、文体的、あるいはまた感覚的に伝えている。知識としてはとうに忘れてしまった折り紙の鶴の折り方を、指は覚えていた。まさにそのような体の感覚として、過去の「戦火」の記憶がありありと眼前する。

先ほどの歌の「原子の雲の芯の火の色」と、この「指の記憶の根もとに戦火」とは、明らかに対をなしている。「芯」と「根もと」はどちらも具体的な現場であり、実感の在り処である。知識・情報として知る〈公的〉な記憶における実体の「見えにくさ」に対して、体に染みついた〈私的〉な記憶のリアルさが再確認されている。そしておそらくは、その両者の綜合の上にわれわれの「歴史」はあるのだろう。それがこの連作のタイトルの意味である。

鑑賞⑮　#佐佐木幸綱

第七歌集『瀧の時間』（3）

長旅の人生半ばふるさとをうしろ歩きに見る夏の雲

「歴史Ⅰ　一九九〇・八」より。私の記憶ではこの歌は、三重県鈴鹿での「心の花」全国大会に、一般会員作品に混じって出詠されたものである。無記名の会員互選でこの佐佐木の歌がどれだけ票数を集めたかは忘れたが、作品は鮮明に覚えている。手元の「心の花」の年表を調べると、鈴鹿での全国大会の開催はまさに一九九〇年八月。連作のサブタイトルとも一致する。

本郷生まれの佐佐木にとって、厳密な意味での故郷は東京だが、感覚としては祖父信綱の生まれた伊勢の国鈴鹿石薬師こそが佐佐木家のルーツであり「ふるさと」である。鈴鹿には佐佐木信綱記念館があり、信綱生家が保存されている。毎年「佐佐木信綱顕彰歌会」が開催され、「信綱かるた」が作られ、県民、市民をあげて佐佐木信綱の顕彰が行われている。掲出作は、その鈴鹿での初めての全国大会の、まさに記念碑的な歌だと言える。今までひたすら前を見て来た作者が、人生の半ばを過ぎて、父祖の「ふるさと」で初めて「うしろ歩き」に、人生と、そして自らのルーツを振り返る。鈴鹿山脈の上に聳える夏の入道雲が、しみじみと夏の「ふるさと」を実感させる。

天の河原を描きし頭脳　ビッグ・バンにはるばる思い至れる頭脳

これも前掲歌と同じ連作より。「銀漢」「銀河」「天河」「天の河原」のイメージは古代中国で生まれた。それが日本に渡って来て定着し、「万葉集」には七夕伝説に基づく歌がいくつもある。一方西洋でも、ギリシャ神話にすでに夜空の「乳の川」の伝説が登場し、それが英訳されて「ミルキーウェイ」「ミルキーウェイ・ギャラクシー」と呼ばれるようになった。天の川とは実はわれわれの太陽系が属する銀河系の星々の姿であり、銀河系宇宙はまた「天の川銀河」とも呼ばれる。

一方「ビッグ・バン」は、一〇〇億年から一五〇億年前、宇宙の始まりに起こった大爆発のことで、一九四六年にアメリカの理論物理学者ガモフらが唱えた。最初はあまり賛同されなかったが、いくつかの「証拠」が発見され、今では広く受け入れられている宇宙起源説である。今から一五〇億年前に無から宇宙が生まれ、生命が誕生し、人類が出現し、そして進化を繰り返し、ついに人類の大脳は、その想像力をもって破天荒かつ荒唐無稽な（と見える）自らの出自・始原へと到達したのである。作品はそうした人類の時間を宇宙規模で歌う。人間の脳が自らの「進化」によってついに到達したイマジネーションの、くらくらするスピード感と幻惑感を読みたい。その「進化」の始発点こそ、無から有を生んだ「ビッグ・バン」の火の玉だった。

でんわまつじかんはあわき縹いろ漂うさかなのこころがわかる

「歴史Ⅱ　一九九〇・九」より。小さな「じかん」の手触りが歌われる。「縹《はなだ》いろ」は色彩の和名で、薄い藍色を言う。時間の質感を色に例えた比喩である。その「縹」との字面の近さから「漂」という語が導き出されている。さらに心がとりとめもなく揺らめく時間の淡さが、薄いブルーの水中を「漂う」魚のイメージに重なる。このように幾重にもイメージが重ねられた歌で、そのメルヘン性をひらがなの多用が印象づける。「縹」と「漂」のみを漢字にした視覚的効果も見逃せない。

バリトンの森の夜道をいつかすぎ気配かすかに夜明けのホルン

前掲歌と同じ一連より。夜明け前の森を車で走る場面をイメージする。佐佐木は免許を取るのが遅かった。学生時代は六十年安保の最中であり、またその後もなんとなく取らずに来たということだろう。中年になってから自動車学校に通って免許を取得した。その新しい視座からの歌が、それからの一時期、佐佐木の歌集に時折登場する。この歌もその一つと読んでおきたい。バリトンは中低音の男声領域。「バリトンの森」には、シュワルツワルトなど、どこかヨーロッパの風土を思わせる重厚な感覚がある。その夜の彼方に兆す光は「夜明けのホルン」。曙光を直感的に捉えた印象深い比喩である。「バリトンの森」もそうだが〈直感〉は佐佐木の大きなキーワードの一つである。

直感の火を信じたし　中野重治に見えざりし白秋・時代の気分　『瀧の時間』

水時計という不可思議ありき　ひとと逢う瀧の時間に濡れては思う

「瀧の時間」より。古代に「漏刻」という水時計があった。巧妙に設計された穴から漏れる水によって時を計る装置である。一説に、初めてその漏刻を設置したのは天智天皇（中大兄皇子）とされ、現在その日に因んで「時の記念日」が設けられている。

かつて水と時間は同じイメージだった。「（時が）過ぐ」「（時を）とどめぬ」などに掛かる枕詞「ゆく水の」は、その端的な例である。水も時も「流れる」ものであり、さらにこの佐佐木の歌では「濡れる」ものである。それは、行きて帰らぬこの世の一回性の耀きである。水は命の源（文字通り「水元《みのもと》」）であり、時間は命の運命を支配する。作者はいま、その命の切なさを思いつつ、命のしぶきに濡れつつ、人を待っている。ほとばしる「瀧の時間」は「時間の瀧」そのものでもある。

夜の椅子に脳死というを思い居りたとえばその後を生き継ぐ目玉

「紫陽花の風」より。臓器移植との関連で「脳死」が大きくクローズアップされ、ホットな議論を巻き起こしたのは、まさにこの歌集の収録作品が作られた一九八〇年代後半から九〇年代初めにかけてである。一九八五年に厚生省研究班が「脳死」の判断基準を作成し、八七年に「脳死をもってヒトの死とするか否か」の中間報告が出された。そして九二年一月、「脳死臨調」によって、脳死をヒトの死と認めてもよいとする最終答申が出された。ただ、実際はそれは臓器移植の現場だけでの判断基準に過ぎず、曖昧さは今も残り続けている。それは「死」

が科学だけではなく哲学の問題でもあるからである。

作品では、「脳死」という概念と「目玉」という具体が対置されている。「脳死」とは総論・抽象論であり「目玉」は各論・具体的存在である。言い方を変えれば前者は〈情報〉であり、後者は〈実存〉である。すなわちここにも、この『瀧の時間』の大テーマである「情報と実存」の問題が色濃く反映されている。この歌は、ひとことで言うと、「脳死」という一般概念を、「目玉（ほかならぬ私の）」という実在・実感によって引き寄せようとする思考の冒険である。唐突だが私はこの歌からロダンのブロンズ像「考える人」を思い出す。何ひとつ明確に見えない夜の闇の混沌の中で、「椅子」だけがスポットライトの中に浮かんでいる。その椅子に座って深く目を閉じ、生命と存在の闇に向けて、一人の「考える人」が想念の手探りをしている。そのイマジネーションの深度が、作品の中にその男の姿を「時代の塑像」として定着するのである。

退化せし尾を悲しめば進化して角《つの》生えるよと神様の声

「顔のメルヘン」より。一連は、写真家によるお面や彫刻などの顔の写真と、佐佐木の短歌を組み合わせる試みで、雑誌「デンタルダイヤモンド」の表紙に連載されたものを、写真と共にそのまま歌集巻末に再録している。ちなみに掲出歌には、牙を剝いた鬼の面の写真が配されている。人間の動物としての出自とアイデンティティを示す痕跡が「尾」である。その尻尾を失い、「進化」によって動物から離れてゆかざるを得ない我々の存在を悲しむ作者に、そのうち角という鋭利な武器が生えて来て、ヒトにならざるものになるよと神様が言う。ビッグバン→ミトコンドリア→生命体→動物→猿→ヒト→オニ、という空想上の神様のプログラムを、進化論の寓話として歌った、なんとも楽しい作品である。最後にやはり「顔のメルヘン」から「悲しみ」の歌をもう一首挙げておく。

　性格丸出しの顔の悲しさ悲しめばその悲しみがまた
　　顔に出てしまう

鑑賞 #佐佐木幸綱 ⑯

第八歌集『旅人』（1）

『旅人』は一九九七年九月、ながらみ書房刊。佐佐木は一九九二年から三年にかけての一年間、早稲田大学在外研究員として、家族と共にオランダで生活した。本歌集はそこでの作品をまとめたものである。赴任先のライデン大学は十六世紀からの古い大学で、『ガリヴァー旅行記』の主人公の出身大学ということになっている。ガリヴァーは巨人国や馬人国、天空の国などを旅した、文学史上最も破天荒な旅人である。この歌集も、タイトル通り旅をテーマとする。旅先の外国で旅を考える。それは日常と非日常を考えることであり、漂泊と定住を考えることである。旅に出て初めて故郷が見える。日本を離れて初めて、日本が多角的に見えて来る。その意味で旅とは、出自とアイデンティティを考えることでもある。能因、西行、芭蕉、また若山牧水、種田山頭火、尾崎放哉など、旅の系譜と言うべき詩歌がある。本来非日常であり祝祭である旅。それを日常とするとはいかなることか。旅を住処とした彼らに見えていた風景とは何か。そうした問いの周辺を巡りつつ、この『旅人』は編まれた。定住と漂泊、そして越境。一年という予め区切られた時間は、それを考えるに当たってふさわしい長さだったと言える。

いまだ見ぬわが家わが明日、遠景にてのひらほど
の風車が見えて

「ゴッホの雲」より。巻頭三首目の歌。オランダ到着後、迎えの車で空港からフォルスコーテン市の家に向かう途中の「第一印象」が歌われる。初めて接する未知の風土への挨拶の歌である。まだ見ぬ家への期待は、まだ見ぬ一年間への胸騒ぎである。オランダでの日々へのまっさらな予感として、遠景の風車はある。それはまだ小さくしか見えないが、しかし確かに現実の視野の先に存在する。

朝焼けの空にゴッホの雲浮けり捨てなばすがしからん祖国そのほか

「ゴッホの雲」より。朝のジョギング中の歌。十六世紀のブリューゲルを始めとして、レンブラント、フェルメール、ゴッホなどオランダ生まれの画家が、この歌集には幾度も登場する。歌集『旅人』はある意味で、オランダゆかりの絵画を巡る旅でもあった。そしてまた、前掲歌の下句、この歌の上句を始めとして、オランダの風景の描写には明らかに、そうした絵画の影響がある。彼らの絵画を通してオランダの風土性を捉えているとも言えるし、オランダの風景自体が「絵画的」であるとも言える。ここに「絵画の影響」という、佐佐木の短歌を理解する上での新たな切り口が浮かび上がる。「絵画」を一つの補助線とすることで、早期からの佐佐木の歌が、また新たな姿を見せるという予感がある。実際、改めて振り返れば、東西の絵画に取材した歌も当初から多い。

掲出歌の下句。定点のない生の気ままさと不安定さが、特に四句の大幅な字余りによる早口に出ている。それを、漂う「ゴッホの雲」が象徴する。ゴッホもまた漂泊の人だった。そういえば西行にも、空にたゆたう煙に自身の不安定な思いを重ねた歌がある。

風になびく富士の煙の空にきえてゆくへも知らぬ我が思ひかな
「新古今集」

去家《たび》を選びたりし心情に踏み込むを恐れつつ読む西行のうた

「空港」より。「去家《たび》」は万葉仮名の一種。万葉仮名の大半は、漢字の音を借りて読みに当てる「音仮名」だが、中にはもっと凝ったものもある。その一つが「義訓」と呼ばれるものである。いわば連想ゲームのような言葉遊びで「鶏鳴」と書いて「あかとき」と読ませる類である。「去家」と書いて「たび」と読ませるのも「義訓」の一つ。掲出歌では、その万葉仮名に、「旅とは家を去ること」という思惟が重ねられている。

旅とは未知に向かって飛び立つことだが、それは既知（それまでの日常）を捨て去ることでもある。西行の出家がそうだった。旅を極限まで突き詰めた非情の形である。その西行の厳しい選択を「恐れる」心情には、そちらへ絶対に行かないとは断言できない自身への、あるいは人間存在への「恐れ」があるだろう。ちなみに旧い日本の慣習法でも、属する家の籍を脱し、家制度から抜けることを「去家」と言った。

赤き花窓にかざりてこの山に一生《ひとよ》おくれるわれを見て居り

「地球の筋肉」より。自ら車を運転して家族と遠路スイス・アルプスを訪れた折の作。連作タイトルの「地球の筋肉」は、ユングフラウ、アイガーはじめアルプス山脈の比喩だろう。そこにはつつましく山の生活をしている家々があった。作者は、そこで一生を過ごす自らを思う。そうあってもおかしくない私。それを想像する通過者の私。どちらが本来の私か。定住と漂泊と、その両者が照らし合い、互いの「私」を問う。

いとしみ綴る日本の言葉近づける白夜の予感著き夕べを

「西欧の雷」より。中村草田男晩年の句「いとしみ綴る日本の言葉曼珠沙華」（昭和三五年作）を踏まえる。中村草田男は作者の高校の恩師である。『旅人』では「日本」、特に「日本語」が一つのキーワードとなっている。異郷への滞在は、おのずと出自について深く考えさせる。そのアイデンティティの根にあるのは言葉である。母語こそがパトリ（故郷、源郷）である。「近づける白夜の予感」が異質な言語風土を象徴している。

にっぽんの歌の話をせよという羊いる野を越えて行くべし

「羊群」より。茫洋とした見晴らしの良さが、なんとも心地よい作。これも「にっぽん」に関する歌である。「羊いる野」が、雄大で牧歌的な風土性を伝える。どこか中世の絵の中の風景にも思える。そうしたメルヘン的なイメージの広がりを、「越えて」という動詞が強調している。日本からはるばると時空を越えて…という感覚である。それが、簡潔平易な文体とあいまって、歌柄の大きさ、大らかさに繋がっている。『旅人』からさらに、メルヘン的な歌、絵本を思わせる歌を挙げておきたい。

そらのみなとそらのみなとととなうればほのぼのと
われに空の波音
ひらめきて城壁を越ゆ、魔女も居し時世の空を飛び
しかささぎ
人形が出てきて鐘を打てるよと古き時計のしたたにつ
どえり
つぎつぎになつかしき人出でてくるガラス扉の不思
議を恐る
羊らも夢みるそうな冬雨に体を立てて濡れて吹かれ
て

咲きのこり散るをためらう桜に雨、国の終りの日の雨はいかに

「ユーゴスラビア解体」より。苛烈な民族対立ののち旧ユーゴスラビアがスロベニア、クロアチア、マケドニア、ボスニア・ヘルツェゴヴィナ、セルビア・モンテネグロ（新ユーゴスラビア）に最終的に解体分裂したのは一九九二年四月。作品からは、日清戦争後の佐佐木信綱作〈亜細亜の地図色いかならむ百年《ももとせ》の後をし思《も》へば肌へいよだつ〉、満州国建国に当たっての土屋文明作〈新しき国興るさまをラヂオ伝ふ亡ぶるよりもあはれなるかな〉などの歌も連想される。

未《いま》だ地の動かざる世に研《みが》かれしまろみやさしき凸レンズかな

「ホイヘンスのことなど」より。ホイヘンスはオランダの物理学者、天文学者、数学者で、ライデン大学で学んだ。望遠鏡を改良して土星の環を発見し、振り子時計を作ったことで有名。たぶん博物館かライデン大学に、その望遠鏡が保存されているのだろう。「未だ地の動かざる世」は、地動説以前の世の中である。コペルニクスが地動説を唱えたのは十六世紀半ばだが、ガリレオ、ケプラーらによって実証されるまでにはなお曲折があった。ホイヘンスの望遠鏡は、ちょうどその過渡期のもの。作品からは、ヨーロッパの知識・学問体系（アカデミズム）の重厚かつ優美なイメージが伝わる。

鑑賞 #佐佐木幸綱 ⑰

第八歌集『旅人』(2)

『旅人』は、早稲田大学在外研究員として一年間家族と共に赴任したオランダでの作品をまとめた歌集である。今回はその中で、西欧の風土と歴史に根差した絵画的な歌、寓意的な歌を中心に見てゆく。前回書いたようにこの歌集には、ブリューゲル、レンブラント、フェルメール、ゴッホなどオランダ生まれの画家が頻繁に登場する。歌集『旅人』はオランダゆかりの絵画をめぐる旅でもあった。収録作品のオランダの風景の描写には、明らかにそうした絵画の影響がある。オランダの風景自体が「絵画的」だとも言えるし、また作者が彼らの絵画を通してオランダの風土を捉えているとも言える。

暗き運河に浮き居て鴨は百年の静止の時を楽しめるらし

「新芽」より。一読絵画的な作品である。近代期において描写詠の中心をなした理念は「写生」「写実」であり、特にその究極は「客観写生」と呼ばれるものだった。人間の目と脳を通して認識する世界にはたして「客観」ということが有りえるか、というのは大きな哲学的命題だが、それに対して『旅人』の諸作品は、同じ「描写」詠でありつつも、絵画的な印象がより強い。それは、言い換えると画家個人の感覚や世界観によってデフォルメされた〈景〉であり、そこでは意識的に強調された光と影とのコントラストによって、「現実の風景」が再構築されている。いや、近代期における「写生」も元々は絵画用語であり、当然そこには主観の働きがあるわけだが(例えば斎藤茂吉はそれを「自己自然合一」と言った)、特に佐佐木の歌にあっては、作品から直接「現実の風景」が再現されるのではなく、むしろ強く印象付けられるのは「一枚の絵としての風景」である。掲出歌の陰翳の深さ、運河と鴨のみという構図の単純化は優れて絵画的であり、また何より「百年の静止の時」は、百年前に描かれた古い絵画の中に封じ込まれた時間を印象づける。それは、直接絵画に取材した作品という意味ではなく、現実の風景を古い絵画のイメージの中に定着させて、重層的な時間の厚みを捉えた点に大きな特色がある。ちなみにこの作品が作られた時期から百年ほど前は、ちょうどゴッホの晩年に当たる。

夢が吊る夢に吊らるる尖塔の角度をはかるごとく見あぐる

「ゴールデン・シャワー」より。ライン河畔を車で走り、デ・ハール城を見に行った折の作品。デ・ハール城は尖塔の美しさで知られているという。「夢が吊る夢に吊らるる」は、城をめぐるロマネスクである。この歌も絵画的な構図を顕著な特徴とする。画家が目視によって角度《アングル》を計りながら、構成《コンポジション》を決めてゆく感覚だろう。

網目なす冬の梢にかかりたる暗き夕日を見る者はなし

「ブリューゲル」より。オランダ滞在中にリースで借りたアウディ80でベルギーを訪れた折の歌。アウディ80はドイツ・アウディ社の名車として知られる。作品はブリュッセルの王立古典美術館で、ブリューゲルの群像画「ベツレヘムの人々」に取材したものである。カンバス一杯に、冬の夕暮れのベツレヘムの村の人々が描かれたその絵の、背景の「暗き夕日」が切り取られている。そのクローズアップの仕方と「見る者はなし」という発見に、この歌の、作者の、独自の視線が示される。

黒服の五人の理事は声もなく五つの黒き帽子ぬがずあり

「大なめくじ」より。オランダの古い街ハーレムの「フランス・ハルス美術館」での作。フランス・ハルスの描いた集団肖像画「シント・エリザベート病院の理事たち」に取材する。フランス・ハルスは十七世紀のオランダで活躍した大画家。作品からは、黒を基調とした、影の多い色調がイメージされる。ポイントは「声もなく」。作者はその絵に、ヨーロッパの歴史と風土の通奏低音としての〈沈黙〉を読み取っている。

いよよ濃き闇、死の年の自画像もレンブラントは黒服を着て

「髭の顔写る鏡に」より。ちなみに連作タイトルは集中の〈髭の顔写る鏡に運河《カナール》の水も写れり今日は冬至か〉による。レンブラントは一六六九年に、三枚の自画像を残して死んだ。そのうちの一枚に取材した作品である。この自画像は、作者のオランダでの家から近い「マウリッツハイス美術館」に収蔵されている。手元の画集でこの絵を見ると（私の父は画家だったので、自宅アトリエに画集がたくさん遺されている）、確かに黒い服を着ている。前掲歌の「黒服の五人の理事」もそうだが、黒はヨーロッパのキリスト教的な風土と歴史の中で、独特なイメージをもつ色だと思う。教会の司祭の黒服に象徴される、フォーマルにして厳粛な〈公《おおやけ》〉の感覚である。英語ではREGALとでも言うのだろうか。レンブラントは、佐佐木がオランダで籍を置いたライデン大学出身。晩年は破産して不遇の日々を過ごしたと言われている。六三年の生涯だった。

古き街路のくぼむ敷石、幾たびの世紀末、死者たちの歩行はつづく

「地獄門」より。ここからは寓意的な作品を見て行きたい。既に何度も指摘したように、ユーモア、メルヘン、アレゴリーは佐佐木幸綱の大きな特徴の一つである。

掲出歌、時間が蓄積されたヨーロッパの風土が歌われる。死者たちのおびただしい記憶の張り付いた町並みであり、石畳である。実際、ヨーロッパには恐ろしく古い建物が町中に残っている。石の文化ゆえであり、そのあたりが木と紙の文化である日本とは大きく違う、私はこの歌から、かつて訪れたイスタンブールの旧市街を思い出した。コンスタンチヌス帝の時代の石畳の道が遺されていて、「死者たちの歩行」の気配をありありと感じた。歴史に裏打ちされた、営々とした人間の営みであり歩みである。

冬原を行く馬の見ゆ降りたまる霧の重さに沈む地平へ

「髭の顔写る鏡に」より。雄大で牧歌的だが、どこか重厚で沈鬱なヨーロッパ的風土が、寓話を思わせるタッチで歌われる。特にヨーロッパの冬は独特だと聞いたことがある。この、冬の原野を行く馬は野生馬だろうか。「霧の重さ」が実に象徴的だ。

Dr. Vos《ドクター・フォス》（狐）に紹介されてProf. Boot《プロフェッサー・ボート》（舟）と固く握手をしたり

風車や運河をはじめオランダにはどこかメルヘン的なイメージがある。この歌はさながら、童話の登場人物の国である。ライデン大学には「日本学科」があり「日本学センター」があるという。この両氏はその日本学科の主任教授とのこと。

戦争が夕焼けている空へ向き次々と機首を上げて消え行く

「空港」より。スキポール空港だろうか。オランダの空港に取材した一連である。広々とした滑走路の向こうの西空が、まるで戦火を映したように夕焼けている。作者がオランダに滞在した一九九二年から九三年にかけては、ユーゴのボスニア・ヘルツェゴヴィナ共和国の内戦が激化し、またカンボジアへのＰＫＯの第一次自衛隊派遣が行われている。私はこの作品から、渡辺白泉の〈戦争が廊下の奥に立つてゐた〉〈銃後といふ不思議な町を丘で見た〉といった俳句を思い出す。

受付に麒麟のくびの女性居て苦行者のかおの老人が待つ

「大楡の芯まで白夜」より。ハーグの運転免許センターに、オランダの免許交付の手続きに行った折の作。現実が思い切って戯画化され、一瞬に絵本の世界の寓話性を得る。デフォルメは寓話の大きな要素の一つである。それによって、現実から少しだけ浮遊した海外滞在の気分が捉えられている。「苦行者のかおの老人」からは、ヨーロッパの宗教哲学の陰翳と、「沈黙」の深さが伝わってくる。

鑑賞 #佐佐木幸綱 ⑱

第九歌集『アニマ』（1）

『アニマ』は『佐佐木幸綱の世界』第九巻に「新歌集」として収録された。一九九九年六月、河出書房新社刊。刊行順としてはその一年前の一九九八年六月に『呑牛』が刊行されているが、作品の制作時期はこの『アニマ』の方が古い。ちなみに『アニマ』に収録されているのは一九九三年から九六年の作、『呑牛』は一九九七年一年間の「日付のある作品」である。『アニマ』後記に第九歌集と明記され、また『呑牛』後記に「本集は、私の第十歌集になる。『旅人』以後の一九九三年後半から一九九六年いっぱいまでの作をおさめる第九歌集は、『佐佐木幸綱の世界』第九巻として来年はじめに刊行の予定である」とあるので、刊行順は前後するがその記述に従う。

雪山に棲める山彦と久に逢い正月休みたちまち過ぎつ

「犬のことなど」より。「山彦」は山の霊であり山の神であり、こだまと呼び変えるならば木の霊でもある。山に神が棲み、木に魂が宿る。いわゆる古代のアニミズムである。歌集タイトルの「アニマ」とは命であり有機生命体であり魂であり、それはアニミズムの語源ともなった。宮沢賢治ならば「有機交流電燈」と、そして「せはしくせはしく明滅しながらいかにもたしかにともりつづける因果交流電燈のひとつの青い照明です」と言うだろう。人間だけではなく山も木も風土も動植物も石も、森羅万象、万物が生命を持ち、魂を持ち、言葉を持つ。それは人間の理性を中心に置く「近代西洋合理主義」とは違う哲学、世界観である。南方熊楠らが予感し、鶴見和子らが今に伝え、そして歌壇には前登志夫、伊藤一彦ら、また俳句では金子兜太らの同走者がいる。そしてまた、万物に魂が宿るならば言葉にも魂が宿る。言霊への信仰は短歌の原初の形とも深く関わるだろう。そうした広範なアニミズムをテーマとする歌集である。

顔に描ける国旗がゆるるテレビには飛ぶ人間のかげもよぎれり

「犬のことなど」より。サッカーの国際試合をテレビで観ている場面だろう。選手と一体になって、スタジアム全体が躍動している。作品の背後には、人間の行い、営み、営為への共感と讃辞がある。「飛ぶ人間のかげ」にスポーツの根源的なダイナミズムが集約され、作品としてそれが一つのファンタジーに繋がる。飛ぶ人間、蹴る人間、舞う人間、走る人間、泳ぐ人間、登る人間。スポーツにはさまざまな人間の命の裸の形がある。その圧倒的な生命感が持ち味である。それは人間のアニマの耀きに他ならない。

爺杉《じいすぎ》の中のこだまを呼びにきて若きあかげら若き首をふる

「アニマ」より。出羽三山羽黒山の国宝の五重塔の脇に聳える巨木「爺杉」のことだろう。その杉は樹齢千年を越えると伝えられ「じじすぎ」「じいすぎ」といった愛称（というよりも敬称、尊称）で親しまれ、人々の畏敬を集めている。その、森の長老杉の中に息づく「こだま」を、若い友達のアカゲラが呼びに来る。「こだま」は木霊であり、エコーとなって谺する命の鼓動でもある。長い長い時間をかけて純化されエコーとなった森の魂を、その幹の内部に住まわせる杉。老いた杉の長老と若いアカゲラとのおおらかな友情から、私は宮沢賢治の世界を思い出す。

あからひく水面かすかにそりしない脱出したきなにかはばたく

「アニマ」より。一首前に「冬の湖」が歌われているので、一応この歌も湖の歌と読んでおきたい。「あからひく」は赤く明るく光るという意味で、「日」「月」「朝」などに掛かる枕詞でもある。ここでは赤く明るく…という原義で用いられている。朝だろうか。水面が帯びる光が、自然界の命、生命感の象徴として、何かが始まるプリミティブな予感を伝える。「そり」「しない」も、生動し生まれ来る新たな命の気配を捉えている。この「そりしない」は、かつて佐佐木が命の能動を体現する動詞として好んで用いた「靡く」とも通じているだろう。そしてついに「なにかはばたく」。湖全体がひとつの生命体として、巨鳥となって羽ばたくのである。原初的な神話世界へ通じる作品である。

レストラン「煙草を吸う犬」で待ち合わせ赤き男女は互みに笑う

「大猿」より。一首前にブリューゲルの歌があるので、もしかしたらブリューゲルの絵にイメージを触発された作品かもしれない。ちなみに「煙草を吸う犬」で検索すると、ギャングまがいに葉巻をくゆらすブルドッグや、正装でパイプを咥えたコリーなど、結構その構図の絵があっておどろいた。ブリューゲルは見当たらなかったが。いずれにしても色彩の用い方といい構図といい、街角をスケッチした西洋絵画の印象がある。レストラン「煙草を吸う犬」。この設定から既に読者は、日常から少し浮いた奇妙なメルヘンの世界に導かれる。「互《かた》みに」は、互いに顔を見合わせてどちらからともなく笑いだすイメージ。しかも「赤き男女」がである。

ルワンダの少年レンズに笑み居しが木のうらがわの闇へ消えたり

「旅の雲」より。ドキュメンタリーなどの映像に取材した作品だろうか。内乱や虐殺のニュースが伝えられるルワンダである。そこに暮らす少年の翳りのない真っ直ぐな笑顔が、人間の生と死、運命、そして人間の営為ということを自ずと考えさせる。私の経験でも、特に途上国と呼ばれる地域には、人間の生死がごく生な形である。木の裏側の闇は、歴史や運命、そしてまた風土のアレゴリーとして読んでおきたい。

鳥かごをいだきて旅を続けゆく鈴鹿山脈越えて男は

「昭和四年私記」より。タイトルの下に「昭和四年、佐佐木信綱は現在の私と同年齢だった」とある。鈴鹿山脈は信綱の生まれた故郷である。従ってこの「男」も信綱と読むべきだろう。鈴鹿を数え年わずか十一歳で出て、向学のために上京して以降、故郷を遠望しつつ信綱の魂の「旅」は続いた。その旅の長い長い途上、手放すことなく大切に抱き続ける「鳥かご」は、幼くして立てた信綱少年の志を象徴しているだろう。その鳥籠に信綱はどのような鳥を飼っていたのか、飼おうとしたのか。おそらくこの鳥籠は、幸綱が〈火を運ぶ一人の男、あかねさす真昼間深きその孤独はや〉と歌ったその「火」を大切に守る壺と同質のものである。信綱が大切に運び続ける「鳥かご」には何も入っていないと、ある人は見るかもしれない。だがそれは違う。同じ志を持つ人だけが、一見徒労に見えるその鳥籠の中に、火の鳥の存在をありありと見るのである。

地球の音一切消えてオレンジの木星浮けり部屋いっぱいに

「3Dの街」より。不思議な、謎のような歌である。連作タイトルからは立体映像の投影のイメージが浮かぶが、いずれにしても謎の歌である。実はこの『アニマ』の最大の魅力はそうした謎にある。謎とは、答えではなく問いであると言える。安易に答えを出すのではなく、生きて死ぬ人間の営為と世界の存在の謎を、謎のまま提示して、これらの作品は私たちに何か根源的な問いを発していると感じる。

樹にされし男も芽ぶきびっしりと蝶の詰まれる鞄を開く

「春の歌」より。まさに春。万物のアニマが蠢動する春は、どこか物狂おしくシュールな季節である。その感覚を捉えた歌だと言える。神の魔法によって樹木にされた男が、新芽のフレッシュグリーンのアニマを噴き上げ、おもむろに季節の扉を開けて、鞄一杯の蝶を一斉に空に飛び立たせる。森の樹木たちは、自然界のマジシャンである。極彩色に塗られた絵本のイメージで、春の生命エネルギーをプリミティブに歌う。

鑑賞⑲ 佐佐木幸綱

第九歌集『アニマ』（2）

石の神仰ぎまつれば人の世の意味を逃れて発つ言葉ある

「男時の水」より。同連作は利根川、多摩川、北上川、さらにかつて訪れたライン川、ナイル川、セーヌ川、ブラマプトラ川などの河川に捧げるオマージュである。作者は川を愛し〈進行形を好めば川に近く住み汚れし川を日に一度見る〉（『直立せよ一行の詩』）を始め、多くの「川の歌」を作っている。川は、佐佐木にとってまさに「アニマ」「アニミズム」を体現する存在としてある。掲出歌の前には「ナイル川は無人の砂漠をゆっくりと流れる」という詞書がある。掲出歌の「石の神」は、古代エジプトのオシリス神などの石像をイメージするとよいだろう。オシリスは冥界の王で、死と復活の支配者である。人智の埒外にある言葉とは、すなわちその神の言葉である。異質な風土でそれを幻想するこの歌から私は「はじめに言葉ありき、言葉は神なりき」というヨハネ福音書を思い出す。なお同連作中のライン川の歌には、マインツに取材した次のようなファンタジックな作品もある。

新ワイン祭に来れば人ごみに黒犬一家がフェリーを待つも

空より見る一万年の多摩川の金剛力よ、一万の春

やはり川をテーマとした同じ連作より。歌の前には「多摩川の近くに住んでいる」という詞書がある。「空より見る」は、イメージの大胆な飛翔によって得た鳥瞰の視座だが、かつて「万葉集東歌」の取材で、関東平野の各地を新聞社のヘリコプターから見下ろした経験が生きていると思う。この歌には「東歌」がまだ辛うじて持ち得ていた自然界のアニマへの畏怖が、色濃く反映されている。「万葉」から千三百年。そしてそこからはるかに遡った一万年の春が、この歌では遠望されている。スケールの大きさという意味で、この歌を超える詩歌作品はそうはないだろう。この歌の隣には次の歌がある。

あばれ川縛らんとする男らが遠く群れたり神話のごとし

神話とは、神々を媒介とした自然界と人間とのせめぎあいの歴史でもある。

ブラマプトラはベンガル湾へ、煉瓦をはこぶ男の列はまだ見ぬ雪へ

これも同連作より。各地の川の記憶をモチーフとするこの「男時の水」は、間違いなく中期の佐佐木幸綱を代表する連作の一つである。作品の前には「ブラマプトラ川をアジアの詩人たちと半日かけて下ったことがあった」という詞書がある。佐佐木は一九八七年にバングラディシュのダッカで開催された「アジア詩祭・ダッカ一九八七」に日本代表として参加し、短歌連作「充実のわが馬よ」を日本語で朗読した。

舟を曳く綱引きかつぎ岸を行く生涯があり見つめやまざりき

連作の最後に置かれたこの歌も含めて、川と共に生きてきた、そしてこれからも変わらず生きてゆく、人間の長い長い営為が、壮大かつ神話的な視座をもって歌われる。川も人間も、誰かに手渡すために何かを運び、遥かな道のりを「行く」存在である。

むらさきの半蔵門線みずくぐりすいてんぐうにちかづきにけり

「大木に抱きつく男」より。半蔵門線は東京の地下鉄路線で水天宮はその駅の一つ。水天宮神社は水の神であり、安産の神でもある。「みずくぐり」には、その水のイメージと、半蔵門線が江戸東京のいくつもの運河の下を通っていることが掛けられている。首都圏の地下鉄路線図で半蔵門線は紫色で表示される。そこから、古代の枕詞「むらさきの」を「半蔵門線」の定冠詞とした遊び心が作品のポイント。

むらさきの半蔵門線女のみ乗れる車輌のつづく夕暮れ

『呑牛』

大木に抱きつく男、あらたまの年かわれどもいまだのぼらず

同じ連作より。まず平仮名の多用に注目する。前の作品もそうだが、この『アニマ』あたりから平仮名の多用がより顕著となり、それは以後の佐佐木作品の文体的な特徴となってゆく。内容的には、やはり佐佐木作品の大きな特徴である寓意性、神話性が際立つ。正月を迎え年が改まってもまだ「大木に抱きつく」この男から、私は「愚直」という語を思う。それにしても謎の歌である。もしかしたら絵画などに着想した作品かとも思わせるが、いずれにしてもこの歌の大きな魅力は、〈理屈〉〈説明〉の世界を離れた大いなる謎にある。まさに優れた絵画がそうであるように。現代社会は、意味、説明、理屈に溢れ過ぎている。実際には〈説明〉できることなどは、この世にごくわずかなのである。だいたい、なぜ私たちが存在し、なぜ生命というものがあるのかさえ謎である。前にも書いたが、この『アニマ』の世界の最大の魅力は、その謎の提示にある。

古代の月さあれ今の世あかあかと月のぼれども人は踊らず

これも「大木に抱きつく男」より。古代の月のアニマを逆説的に歌う。月にはかつて霊力、魔力があった。月光は呪術であり祝祭でもあった。だから動物は月に吠え、人間はお供え物をして祈り、月下で踊った。近代の科学的合理主義は、それを迷信として退けることで成立したと言える。だが、それは正しいか、それによって人間はいかなる「幸せ」を得たかを、この作品は問うている。この連作には「ＷＷＷ」また「バーチャルリアル」という語が登場する。仮想現実こそが「リアル」である時代のアニマを問う一連である。

水の都へ渡らん者は死者もまた自由の橋《ポンテ・デラ・リベルタ》の上をゆくべし

「自由の橋」より。リベルタ橋はベネチア島と本土とを結ぶ橋である。この一連を含めて歌集『アニマ』の末尾にはベネチア、バチカン、ナポリなどイタリア各地、そしてエジプトへの旅に取材した連作が並ぶ。そこでの作品のモチーフは、風土に蓄積された膨大な時間の厚みであり、そしてその中の一瞬を生きる人間の営為と運命である。その大きな視座、歴史的時間の中の人間の存在という視座は、歌集全体のテーマとも重なる。この歌もまた、そのテーマに繋がるメルヘンであり寓話である。

石橋の辺を黒猫が行き過ぎてヴェネツィアは百年老いぬ一夜に

同じ一連の中のこの歌は、膨大な時間の中にあって、百年とはわずか猫が橋を渡り終える時間に等しい、というアレゴリーである。

空に去りたる人あまたなり、残りたる少数石膏の人となりにき

「ナポリの春」より。ポンペイの遺跡に取材した作品。歴史人間が「石膏の人」となるまでの時間が歌われる。歴史の中における人間の営為というテーマが、ここにも明らかだ。今は無人となったこの街に住んでいた人々は、死んだのではなく「空へ去った」のだというファンタジーは、やはり忽然と無人の廃墟となったインカ・マヤ文明や、アンコールワットを築いた古代クメールの人々の伝説をも思わせる。

窓のなき部屋を築きて死者のため暗き戸口をつくりし者よ

「黄金を浴びる人」より。エジプトの旅に取材した作品で、この歌はピラミッドを歌う。「窓のなき部屋」はその内部の石室であり、「暗き戸口」は王の棺が置かれた石室へ至る迷路の入口だろう。ピラミッドが大いなる墳墓だとすれば、この歌もまた生と死のアレゴリーである。ピラミッドを作った人々は遠く死に絶え、その人間の巨大な営為としての墓は残された。人間とはついに「死を思う唯一の存在」であり、その謎を巡って科学も宗教も哲学も詩も存在する。そのようなことを思わせる。すなわちこの歌は「人間よ」という遥かな呼びかけである。最後に同じエジプトでの歌を挙げておく。

植物は発ちにけりなと桃色の砂漠の砂を握りつつ言う

鰐がまだ棲み居しころを伝えてよ暁《あけ》のナイルの赤きさざなみ

鑑賞 #佐佐木幸綱 ⑳

第十歌集『呑牛』

『呑牛《どんぎゅう》』は、一九九七年三月から一年間、「歌壇」に「体の中の十二の月」というタイトルで連載された「日付のある作品」で、毎日最低でも一首、一九九七年一月一日から十二月三十一日まで詠み継がれた歌が収められている。タイトルは同年が丑年であることにちなむ。「呑牛」とは「牛を呑み込むほど気性が激しい」という意味の漢語である。一九九八年六月、本阿弥書店刊。歌集表紙の題字は榊莫山。

氷面を吹くむらさきの雪の奥ぐんぐんと子は遠ざかりにき

「呑牛　1月」より。オランダ滞在を回想した歌。「ライデンの運河《カナール》」でのスケートの場面である。「ぐんぐんと子は遠ざかりにき」。子供の成長と自立の兆しを歌う。私も経験があるが、成長と共に息子に徐々に冒険心が芽生え、そしていつか彼は親の庇護を離れて独りの旅に出る。それは親にとっては大きな喜びだが、言い難い淋しさをも伴う。その予感が歌われていると読みたい。「むらさきの雪の奥」がドラマチックだ。

岩塩の塩田ありてそのそばに羊を追えりこれも一生

「人の一生　3月」より。三月二十七日、作者はフランスへ飛び、パリからカサブランカ、モロッコの首都ラバト、古都フェズなどを訪れた。掲出作はジブラルタル海峡をのぞむ港町タンジールでの作。詞書には「海峡はなぜか人生を思わせる」とある。

「渡る」という語を思い居り海峡に朝のひかりが綻

ぶしばし

ゆーかりのはやしひーすのはなのせてぽるとがるいまはるのひるすぎ

「自分《アイデンティティ》らしさ　4月」より。これも同年三月末から四月にかけての旅の途上での歌。作者はモロッコからジブラルタル海峡を渡りスペインへ、そしてさらにポルトガルへ。詞書には「ポルトガルの朝を目ざめ、中世の町シントラに遊ぶ。〈昼顔の見えるひるすぎぽるとがる〉（加藤郁乎）などを思いだしながら」とある。「ぽるとがる」「ひるすぎ」などのひらがな書きは加藤郁乎への挨拶である。茫洋とした感じがなんともいい。

さふらんすーぷの黄と海の青しんとらの坂のほとりのまろにえの赤

「ゆーかり」の歌の次に並ぶ歌。鮮やかな黄色と青と赤が、海光の町の明るいコントラストを絵画的に強調している。

川下へ傘が流るるイメージを打ち消して立つ、夜のトイレへ

「液晶の沖　6月」より。六月十三日、桜桃忌の作。太宰治が玉川上水で心中自殺した時、作者はその近くの小学校に通っており、放課後に何人かで梅雨の雨の中、現場を見に行ったという。「見物人はもうだれもおらず、花束がいくつか雨にぬれていた」と詞書にある。太宰は降り頻る雨のなか、女物の相合傘に隠れて、死出の道行きを辿った。女は既に覚悟を決めており、男はその覚悟に怯えていた。半ば私の勝手なイメージだが。だからこの歌の「傘」は、真っ赤な女物でなければならない。モノクロの雨の中で、傘だけが生々しく赤い。「情死」とはその赤の残酷なエロスである。そして、詩歌を作る側から言えば、〈詩〉とはこの「川下へ傘が流るるイメージ」の発見に他ならない。

台風の余波はろはろにくるからに一湾の魚今宵透くらし

「火星の地平　7月」より。一読、リズムと響きの混然一体となったハーモニーが心地良い。「はろはろ」は万葉集の古語で「はるばる」「はるか」の意。「はろ」はまた「波浪」をも思わせる。そうした遊び心に満ちた、海辺の「心の休日」の歌である。

生きるとは時間の川を抜手きるひとりひとつの影と思いぬ

「過去の数式　8月」より。日航機墜落事故から丸十二年の八月十一日の作。その事故で佐佐木は、小学校から高校まで同級生だった友人を失くし、葬儀に参列した。人間が生きることの、そして死ぬことの、孤独と、それゆえの唯一無二の尊厳を読みたい。

フロッピーディスクに昼間閉じこめし銀のヤンマを呼び出す夕べ

「カットアップ　11月」より。フロッピーディスクも今は死語に近いが、かつてはＩＴの先端技術だった。それをいち早く歌った作として記憶される。閉じこめたのは写真としてだろうか、短歌としてだろうか。デジタル技術と銀ヤンマとの落差がポイント。

いはのへのきうかなづかひかうがうしけふてふてふはあふひのきはに

同じ一連から。十一月十六日の作。昭和二一年の同日、現代かなづかいと当用漢字表が告示された。いわゆる「戦後国語大改革」である。「石《いは》の上《へ》の旧仮名遣ひ神々し今日蝶々は葵の際に」。「石《いは》の上《へ》の」は枕詞「石上《いそのかみ》」のバリエーションと言える。「石上《いそのかみ》」は「古る」などに掛かり、ここでは「いはのへの」が「旧《きう》」を導いている。ちなみに作者の祖父佐佐木信綱とゆかりが深い本居宣長の歌論書に「岩上私淑言《いそのかみのささめごと》」がある。まこと「旧仮名遣ひ神々し」。この歌は、佐佐木幸綱のほぼ唯一の旧仮名作品としても特筆される。

人よりも長く生きさし梅の木に酸素ボンベがたてかけられて

「金樽　12月」より。この歌集には年長のもの、長く生きて来たものへの敬意が顕著だ。この歌も長老の梅の木への畏敬が歌われる。しかし今やこの老木は瀕死であり、酸素ボンベによってかろうじて命をつないでいる。作品は自ずと文明批評のニュアンスを帯びる。詞書にはこの日、与謝野鉄幹を話題とする座談会があったと記されている。「鉄幹」とは元々、老梅の幹の意。年を経た幹が鉄のような質感を持つことから言う。与謝野鉄幹からの連想が、老梅の危機へと辿り着いた。

竹群に霧の牛乳を流し込む緘黙にして孤独な巨人

同じ十二月の歌。「緘黙」と「孤独」が響き合う。硬い漢語の質感が、モノクロームの神話世界をイメージさせる。私はこの歌から、都市に迷い込んだ巨大な森の主、だいだらぼっちを思い出した。上句のファンタジーにも原初的な感覚がある。

縄文の人とならばや冴え凍る月光に濃き影を曳かばや

十二月三十一日作の三首のうちの一首。「縄文」は佐佐木の短歌のキーワードの一つである。自らの作品には武骨な縄文土器の手触りが欲しい、という作歌哲学を、折に触れて語っている。それは技術的・人工的な「上手さ」に寄り過ぎてはいけないという戒めでもある。太古から地上に変わりなく差す月光の下に「濃き影」を曳くという、単純簡潔なイメージが、その言挙げとよく響き合っている。

大徳利のなかにて鯨を食って居る夜の男になりにけるかも

これも大晦日の歌で、歌集巻末に置かれている一首。上句のまさに「人を食った」ような話が、中国老荘思想や仙人伝説などを彷彿させる。李白の古詩にいわく「処世若大夢」（世に処るは大いなる夢のごとし）、そして「所以終日酔」（それゆえに終日酔う）。下句の「なりにけるかも」という万葉調も、武骨にして簡勁な手触りを生んでいる。歳の夜の、スケールのひたすら大きなこの酔い心地は、まさに大つごもりの大トリ、大団円と言うべきだろう。

鑑賞 #佐佐木幸綱 ㉑

第十一歌集『逆旅』

『逆旅《げきりょ》』は一九九九年十月、河出書房新社刊。単行歌集ではなく、河出書房新社『佐佐木幸綱の世界』全十六巻の第十五巻に新歌集として収録された。「逆旅」とは旅館のことで、李白の「それ天地は万物の逆旅なり」による。佐佐木の李白への思いは既に、第三歌集『夏の鏡』の後記に「李白の〈志〉を措いてほかに、いま私の欲しいものは少ない」と記されている。中国の古典から採られた歌集タイトルは『群黎』『呑牛』に続いて三つ目。李白の「逆旅」には天地そのものという意が込められている。人生は旅であり、この世はその旅の宿りである、との思いは、佐佐木作品にも一貫している。

ひさかたのしろがねしぶく雨を脱ぎ東名高速夕霧を着る

「風邪の息子」より。天、天体、天候にまつわる語に掛かる枕詞「ひさかたの」が、遠く「雨」を導きつつ「しろがね」にも作用している。「ひさかたのしろがね」。天空の白銀の光のイメージである。「脱ぎ」「着る」は単なる擬人法ではなく、明確に（森羅万象・万物に魂《ソウル》が宿るという）アニミズムに基づいている。東名高速道路のアニマ。現代文明を象徴するハイウェイにアニミズムを見る視点がたいへん刺激的だ。

八衢は魔の住む場所と決め居たるむかしの人に見えしもののけ

「源氏の裔」より。「八衢《やちまた》」の原義は八つ（つまりたくさん）の道が交差する大きな交差点の意で、「巷《ちまた》」「辻」「街」という語はそれに関連する。世界のどこでも、交通の要衝の交差路には市《バザール》が立ち、さまざまな物や人が集まった。そしてスリ、隠密、人攫い、辻斬り、神隠し、かまいたち…なども紛れ込んだ。まさに逢魔が辻である。「むかしの人」は、神仏や魑魅魍魎など人智を超えるものを畏怖する、つつましい心を持っていた。それは自然を恐れ敬う心である。だから罰《ばち》を恐れもした。だが現代人は「知」に傲り、ある意味で不遜になった。私は「ゲゲゲの鬼太郎」が好きだが、そのかつてのテレビアニメに一時期「イヤンなっちゃうオバケ…」という歌詞のテーマソングが流れていた。夜も明るすぎて、われわれオバケには住む場所も無いというのである。

世が世なら夜な夜な幽霊来つらんに寄席の帰りの夜更の屋台　『群黎』

川筋を目じるしに来て夕つ雁なお遡上せり旅をゆくもの

「牛乳」より。屈斜路湖沿いを車でゆく「父と息子の二人旅」の途上での作。屈斜路湖は丹頂鶴ほか冬鳥の飛来で知られる。作品は旅の車窓に見る雁の群れである。旅を行く者同士の無言の共感、さらに言えば連帯感と孤独が歌われる。それは、この世も旅であるという歌集『逆旅』の主題に直接的に繋がる。

あさもやのいまだうすれぬまどにむきちいさきつぼをかたむけている

「もろっこ」より。タイトルの通りモロッコ旅行での作。ひらがな書きが、旅の浮遊感を伝える。「小さき壺を傾けている」。壺は何の比喩だろうか。実際には、例えば土地の酒などかもしれないが、アラビアンナイトのような寓意性が楽しい。

もろっこ・わいんのみてくすくすくうよるはあふりかのことばわかるきがする

なびきたつなつめやしの木、かいきょうはあれいるらんか半げつのした

古《いにしえ》にたち帰れざる男かな千年の杉抱きつつ泣けり

「火の記憶」より。「古今集」の紀貫之〈古になほたち帰る心かな恋しきことにもの忘れせで〉を踏まえる。貫

之とは反対に、もはや古き良き和歌の伝統には戻れないという、現代人としての断念を歌う。近現代短歌はこの断念からスタートした。「千年の杉」には「古今集」成立からの千余年の年月が重ねられている。千年を越えて生きる杉の時間と、人間一人の時間の短さとが対比される。千年は杉の木にとってはひと世代なのだ。

一生を一所と決めて疑わず俺は俺だと立ちあがる幹

「立ちあがる幹」より。「一所懸命」と言い「一生懸命」と言う。その両者はほぼ同じ意味で使われることが多いが、考え方は大きく違う。この歌は断然「一所懸命」の志を歌う。いわば「一点突破全面展開」の思想である。一つの場所を深く掘り下げて、普遍へと至る意志。若き日、佐佐木は〈明けない夜　夜は無頼にあこがれて一点突破の夢守りゆく〉（第一歌集『群黎』）と歌った。その思いが遠くここにまで繋がっている。この木は、自分が自分であるために、ただ一つのこの場所を選んで発芽し、いま太々と幹を茂らせる。生まれを選べない人間もまた、そうあるべきではないか。仏教哲学に言う「即自即今」、「いまここ」の哲学である。

白雲が行く冬空を十五分あおぎ居たれど問う人もなし

「日々の歌2」より。悠然と空を行く白雲。「行く」は佐佐木の短歌全体の最大のキーワードだが、さらにそれは、〔この世とは、生々流転する万物が束の間やどる旅館である〕という歌集『逆旅』のテーマとも直接響きあう。全ては流行してゆく。そして万物は「旅」を生きる。その哲学を体現するものとしての白雲である。その「流行」の姿を目で追う作者は、見上げることによって逆に、地上にあって「旅」の途上を生きる我を俯瞰する、（時間、空間両面での）大きな視野を得る。その横を人々はせわしく通り過ぎてゆく。

一年に一度桜は全身をひらききり一夜踊る木となる

同じ一連より。満開の極みの桜の充実を歌う。「一年」「一度」「一夜」。これも「一所懸命」の歌である。その一夜限りの充実のために、残りの三六四日はある。「芸術は魂の舞踏である」という言葉があるが、真に充実し切ったとき、人は、そして万物は、高らかに歌い踊る。究極の充実が、絶唱としての舞踏となってほとばしるのである。

敗色のいよよ濃くなる秋の野に桂馬けな気に嘶きにけり

「5五の歩」より。連作タイトルからわかるように、将棋を寓意的に歌った作品である。「秋の野」からイメージするのは、ススキのなびく古戦場だ。例えば関ケ原。いわゆる関ケ原の合戦は慶長五年（一六〇〇年）九月十五日だった。旧暦（太陰太陽暦）では九月はまさに晩秋に当たる。片や盤上の荒野でも、いま天下分け目の大勝負が決せんとしている。敗軍の将に添う悍馬ならぬ桂馬は、決死の突撃の鬨の声を上げる。なお「いよよ濃くなる」は前川佐美雄の〈春がすみいよよ濃くなる真昼間のなにも見えねば大和と思へ〉に遠く連なっている。春の大和から秋の古戦場への転換が見どころ。

戦場に青き雪ふり5五の歩兵かすかに身震いしたり

古代の神霧脱ぎ給い徐々に徐々にあらわれて青き峰聳えたり

「旅の歌」より。この歌の前には「狩野川」との注記がある。狩野川から見える神の峰は…やはり富士山がふさわしいだろう。一首前に「牧水の若き晩年」を思う歌があるところからも、それは間違いないと思われる。沼津に晩年を送った若山牧水は、その地で仰ぐ富士山を愛した。「霧」「青き峰」とあるから、夏の夜明けの富士をイメージするとよいだろう。作品は古代への大きな視座をもって、神話的世界を歌う。時間的にも空間的にも、大きなものを大きく歌うのが、佐佐木幸綱の理想とする歌の姿である。「徐々に徐々に」の字余りによるリズムの溜めが、緩急の緩として、やがて姿を現す聖なる峰への期待感を高めてゆく。ゆるやかに動き、やがておもむろに晴れてゆく霧の動きが、たっぷりとした内容とよく見合っている。

鑑賞 佐佐木幸綱㉒

第十二歌集『天馬』

『天馬』は二〇〇一（平成十三）年七月、梧葉出版刊。発行者・本間眞人。装幀はグラフィックデザイナーの田中一光。天馬とはペガサスのことである。一九九八年から二〇〇〇年までの作品を収録する。

真直《まっすぐ》をこの世に選び昨日今日ぐんぐん春になる杉の芯

「たてがみの雪」より。歌集巻頭の歌。「杉の芯」とは杉の魂、杉のソウルの謂いだろうか。アニミズムの歌である。同じ世界を歌った作品としては、例えば前歌集『逆旅』に〈一生を一所と決めて疑わず俺は俺だと立ちあがる幹〉などがある。「一所懸命」を自ら選んだ樹木の垂直の志を、渾身の筆致で歌い上げる。「垂直」「真直《まっすぐ》」「直立」の意志は、初期の代表歌〈直立せよ一行の詩　陽炎に揺れつつまさに大地さわげる〉に見られる通り、佐佐木幸綱の短歌を象徴する。「ぐんぐん春になる杉の芯」。めくるめく生命感＝肯定的なエロスが漲る、春の賛歌である。

霧消えて人も消えたる橋の上　寂しいなあ鮮明に見える目玉は

同じ一連より。開巻二首目の歌。かつて「行動する〈われ〉の歌を」と主張した佐佐木が、行為・行動ではなく「見る」ことの哲学を歌う。私はこの歌からふと画家の孤独ということを思った。その連想は意外に的外れではないと思う。画家は「見る」ことから思惟を始める。作品では、見え過ぎてしまう目ゆえの孤独が見据えられる。過去も未来も、近景も遠景も、悲劇も運命も、そして自らの限界や小ささも、全てが「見えて」しまう。無常が「見えて」しまう。それゆえの絶対的な孤独である。なお「目玉」も作者が好んで用いる語彙の一つで〈朝靄に埋もるる川を見に来れば寒がっている徹夜の目玉〉(『直立せよ一行の詩』)、〈夜の椅子に脳死というを思い居りたとえばその後を生き継ぐ目玉〉(『瀧の時間』)などがすぐに思い出される。

文学は生きることだよ見ることではないと言いにき　寂しかりけん

「人の身体・木の肉体」より。前作とまさに好対照をなす歌。「見る」ことと「生きる」ことという作者の問題意識が端的に示された歌である。かつて作者にこの歌のように言った人物がいたのだろう。その、文学において自らの信念を生き切ることの孤高、孤独を、作者は自らの問題として突き詰めている。文学における「見る」ことと「直接行動」との齟齬は、常に大きな問題とされてきた。傍観か参加か。傍観者の位置にとどまる文学者への批判はかつてもあった。短歌では例えば近藤芳美。ベトナム戦争や安保闘争の時代に、「知識人の脆弱さ」が批判に晒された。その対極として「べ平連」の運動などが起こり、佐佐木幸綱も加わったのだった。そこには明らかに、文学は「同時代の人間の現実への参加」なのだという意識があったはずである。岡井隆はかつて〈独裁者の城の内部が写されて、見よ視線もて焼きうるならば！〉と歌った。岡井隆のこの歌は「見る」ことに対する肯定、否定、どちらだろうか。私は若干、否定・批判の意識が強いと読む。

しかし一方、「見る」ことに撤することで時代の現実に参加することも可能ではないのか。例えばジャーナリスト、カメラマン。記録文学、ドキュメンタリー。「見る」ことが「問う」ことである、という能動の形は当然ある。大切なのは「見る」(見尽くす)ことと「行動する」ことの両面を見据えて、同時代の人間の現実にどう「参加」してゆけるかである、と思う。それは簡単なことではないが。

夜の渋谷公園通り　薔薇色の臓器を吊りてピピピして居り

同じ連作より。作者は後書に「二十一世紀最大の問題は、サイバースペース（バーチャルな情報空間）における個人の問題だろう。〈われ〉はどこへ行くのか」と書き「サイバースペースの〈われ〉とは、情報の束としての〈われ〉に他ならない」と記す。超情報化時代において、現実の私の存在はどこにあるのか。そしてそれを反映した、短歌作品の中の〈われ〉はどのような位置に存在するのか。現代社会の大テーマであり、短歌の最先端のテーマでもある。情報の集合体の〈われ〉とは仮想の〈われ〉である。それと、一回限りの人生の現実を生きるほかはない生身の〈われ〉とは、どう重なり、どこですれ違うのか。「薔薇色の臓器」は、絡み合う膨大な情報がモンスター化したものとも、逆に仮想現実の嵐の中でかろうじて残された生身の臓腑の痛みとも捉えられる。

　五十階芯まで情報化されきって俺も日暮れは頭《ず》に灯をともす

時計増え続けゆく書斎　五泊六日留守にせしかば怖れつつ帰る

五万個のメール爆弾　かはたれをかそけくかそけくゆきふりつもる

雨の日も考えている、君のこと遠き星のこと近き樹のこと

「考える人」より。国立西洋美術館と現代歌人協会がコラボして、展示美術作品に短歌をつける試みが、「短歌と美術が出会うとき」と題されて二〇〇〇年七月から十月まで上野の西洋美術館で行われ、それは「西美をうたう」というカタログにもなった。その折の佐佐木の担当は、美術館正面戸外のロダン作「考える人」だった。大きく厳めしい「地獄の門」の前で頭を抱えて？　いるのが、例の「考える人」である。ちなみに私の担当はクールベの「もの思うジプシー女」だった。今はそれはどうでもいいけれど。

　その男は地獄の門の入り口で何を考えているのか。人間存在について、有限のこの世について、神の存在と無について、そして生命の始まりとその果ての宇宙について。「君」や「樹」が代表する近景だけではなく、また遠景の星々だけではなく、現実だけではなく、抽象概念だけではなく、そのはざまにわれわれの生があり、人間があり、今日があり歌がある。

海中の道ゆくもののしるべとぞ石の鳥居は海へとつづく

「断崖のジャズ」より。同連作は対馬での取材と考えられる。集中には「やまねこ」（対馬ヤマネコは有名）「釜山《プサン》が見える丘」「東シナ海」といった語彙が見える。掲出歌の一首前には〈山幸の子を無事に生み海坂を越えて帰りし毘賣《ひめ》のそののち〉という作品が並ぶ。海幸彦、山幸彦はニニギノミコトとコノハナサクヤヒメとの子で、兄弟神である。「古事記」によると兄弟は喧嘩し、山幸は失くした釣り針を返せと海幸に責められる。それで山幸はワタツミの都へ行き、海神の娘・トヨタマヒメと結婚。しかし三年後に地上を思い出して釣り針を持って帰る。そして兄・海幸に復讐する…という話（ごくざっと言えば）である。その伝説にのっとった鳥居が対馬に今もあるという。かつて『アニマ』で〈窓のなき部屋を築きて死者のため暗き戸口をつくりし者よ〉と歌われたエジプトのピラミッドも、そしてこの海へ続く鳥居も、単なる古代ロマンや荒唐無稽な「お話」ではない。畏怖と畏敬をもって、時間や自然界や宇宙や神といった大きなもの、超越した存在に身を丸ごと投げ出そうとする人間の営為であり、その遠大な徒労とも言うべき〈祈り〉の切実さに感動するのである。

大き筆に墨ふくませて息をとめて育てきたりし「愚」を書かんとす

「良寛」より。禅師良寛の生地越後出雲崎の良寛堂などを訪ねた旅での作。良寛の号は「大愚」。十代で出家して「大愚良寛」と名乗った。「大愚」とは「大賢」の反対語で「たいへん愚かなこと、またその人」を言う。それこそが良寛禅師の理想とするところだったのだろう。良寛は、和歌、漢詩だけではなく書でも有名だが、その字を佐佐木は同じ一連で〈良寛は脱字の多き人にして心やさしき書簡うれしも〉〈下手なように私には見える渇筆の細みの楷書二十一行〉と歌う。それもまた「大愚」。掲出歌の「育てきたりし『愚』を書かんとす」は、ある日の良寛に作者が成り代わったとでも言うべきか。「愚」には当然、良寛の号と、その号に込めた禅師としての姿勢が重ねられている。なにより作品からは「愚」に撤することの気合いを読みたい。逆説的だが「愚」を貫きることは命懸けの「智」の真剣勝負なのだ。

鑑賞㉓ #佐佐木幸綱

第十三歌集『はじめての雪』

『はじめての雪』は二〇〇三年、短歌研究社刊。二〇〇一年から二〇〇三年までの作品をほぼ制作順に収める。「あとがき」で「この三年間も、〈われ〉の問題を、アニミズムの問題を、父親と息子の問題を、ひきつづき考え、歌いつづけてきた」と記す。

うちなびく春の座敷に酒飲めばゆらりと人のからだはかしぐ

巻頭の連作「押隈」より。「押隈《おしぐま》」とは歌舞伎役者の隈取りを紙や布に押しうつしたもので、ここでは早稲田大学演劇博物館所蔵の七代目坂東三津五郎のものを指す。

掲出歌の前には「太鼓持ち米七の歌」と詞書がある。太鼓持ちとは、お座敷などで客の機嫌を取り、芸者を助けつつ軽妙な芸を披露する人。いわゆる幇間である。「かっぽれ」などの踊りで知られ、かつての花柳界に欠かせない存在だった。「太鼓持ち米七」は、浅草の見番（けんばん）に籍を置く桜川米七のことだろう。いまや全国でも数人のみとなった幇間の第一人者で、初め落語家となり、そののち幇間芸の師匠に弟子入りした。現在七三歳という。同じ連作には「米七は早稲田大学出身と言えり」とある。酒を飲みつつ座敷で幇間芸を楽しみ、言葉を交わしたのだろう。

手拭をやんわり腰をやや落とし江戸の静けき狂気を踊る

はじめての雪見る鴨の首ならぶ鴨の少年鴨の少女ら

同じ一連より。歌集のタイトルとなった歌。作者の自宅近くの多摩川での取材か。越冬地の日本で生まれた、まだ幼い鴨である。旅先で初めて見る雪の初々しい驚きを、寓話的に歌う。それが「鴨の少年」「鴨の少女」という表現に繋がっている。その少年、少女たちが、雁首ならぬ「鴨首」を並べて目を丸くしている、好奇心旺盛な姿が、なんとも微笑ましい。絵本的な絵柄が浮かぶ作品である。まさに、この世はまだ始まったばかりで、見るものすべてが「はじめて」の光に満ちている。昔の人は「末期の目」ということを言った。初めて見るように世界を見、最期の見納めのように世界を見るのが、つまりは詩歌である、というのである。

六月の空港は晴、直立の金氏が金氏の手を握りたり

「天動説」より。作品の前には「『心の花』岡山全国大会・題詠『晴』」と注記がある。「心の花」岡山全国大会は二〇〇〇年八月二六、二七日に開催された。「岡山歌会」代表の石川不二子さんもまだお元気だった。大会用の作品の題は「晴」。大会参加者一七六名が一首ずつ出詠した最後に、この作品もあった。無記名の互選でこの歌が何票獲得したかは忘れたが、評判が良かったと記憶する。さもありなん。私は石川不二子とコンビで歌評者としてこの歌を批評したので、その意味でも懐かしい作品である。私はその席で、この作品は多分まちがいなく佐佐木幸綱作である、と断言して喝采を受けた。

作品は、金大中韓国大統領が北朝鮮への歴史的な訪問を果たした場面に取材している。飛行機のタラップを降りた金大統領は、空港に出迎えた金正日朝鮮労働党第一書記と、満面の笑みをたたえて握手した。「太陽政策」による南北朝鮮の雪解けの、象徴的な場面である。はからずも二人とも金氏。韓国朝鮮では同姓による同族意識がたいへん強い。金大中は苛酷で数奇な運命を経て大統領となり、そしていま電撃的な訪朝を果たして、同じ姓の金氏の手を握った。この南北融和が、二〇〇二年の第一回日朝首脳会談、そして小泉総理訪朝、拉致被害者の一部帰国へと繋がる。まさに歴史の潮目であり、作品はジャーナリスティックな目で、その束の間の「晴れ間」を捉える。

一太郎に古語を灯して秋の夜の古代の森を酒提げてゆく

「遠近法」より。「一太郎」は日本語ワープロソフト。ワード全盛の今となっては懐かしい名前だが、作品ではそうした（当時の）最新ハイテクへの興味、新しい題材への関心がいち早く示されている。佐佐木信綱も、古典万葉を愛する一方、「新しもの好き」だったと伝えられる。いやむしろ、古典を愛し、そこに身を置くからこそ、と言うべきだろう。短歌のような「伝統」分野においては、常に新しい題材を取り入れて刷新してゆくことが必要である。題材の停滞、マンネリ、パターン化が和歌の衰退に繋がった歴史が、それを如実に示している。継承とは継続的な刷新なのだ。この歌も、当時のハイ・テクノロジーと「古語」「古代」とが対比されている。特に「古代の森」のアニミズムに注目しておきたい。ハイテクとアニミズム。連作タイトルに言う「遠近法」である。「秋の夜」「酒提げて」の〈古風〉がいい味を醸している。そう言えば「一太郎」という名も、ハイテクとは裏腹に古武士を思わせる。

怒りつつ怒りおさえて液晶の画面に（笑）と打ち出す夕べ

これも「遠近法」の歌。液晶画面、液晶ディスプレイも今やごく一般的になったが、かつては最新テクノロジーだった。そうしたハイテクと、プリミティブな「怒り」とが対比されている。液晶画面上で自分に突っ込みをいれる（笑）は、いかにも軽い。その、時代の軽佻浮薄な手触りを、あえて「怒り」に対置している。

雨の日の大江戸線に眠り居り膝に百両の包みを抱いて

「数字」より。「大江戸線」という名前に触発された、現代のお江戸ファンタジーである。江戸へのタイムトンネルに身を委ねて、居眠りをしながら豪勢な夢をみている感覚。「百両の包み」は歌舞伎のイメージだろうか。とすれば大番頭さんが得意先に支払いに行く場面か。江戸時代には、小判一枚が一両、大判は基本十両だったという。ただし、変動相場制だったらしい。一両小判は金約十八グラム。百両で一・八kg、千両箱は金十八kg。二kg弱ならば百両を風呂敷に包んで膝に乗せるのも可能だ。

夕舟に鮎を食いつつ酒飲めり思い出のごとく人と並びて

「緑の星」より。現在は未来から見ると過去であり「思い出」である。一瞬一瞬過去になる現在であるからこそ、今が愛しい。藤原清輔が〈ながらへばまたこのごろやしのばれむ憂しと見し世ぞ今は恋しき〉と歌った通りである。掲出歌には「『心の花』全国大会のあと、仲間と犬山に鵜飼舟で遊ぶ」と注釈がある。実は私もこの同じ舟の酒席にいた。『はじめての雪』からもう一首、大らかな酒の歌を挙げておく。

朝酒の楽しみつづき居るうちに夜が来て夜の酒を楽しむ

三椏と木蓮と桜咲きそろう不思議の春をきみとよろこぶ

「明治の人たち」より。三椏《みつまた》は中国原産。早春に沈丁花に似た花をつける。木蓮も中国原産。三月末に葉に先立って、紫または白の大型の花を上向きにつける。大陸から渡来した三椏と木蓮、そして日本の春を代表する桜が、時を同じくして咲く。多少の前後はあっても、春が来れば春の花々が一斉に開花する。年年歳歳繰り返されるその当たり前こそが「不思議」である。作品はその春の不思議のめでたさを歌う。

天上にのぼりし者のありにけん昨日はありて今日なき梯子

同じ一連より。昨日立てかけてあった梯子が、今日見るとなくなっていた。そのありふれた出来事から物語を紡ぐ。「天上にのぼりし者」はキリスト教的な昇天をも思わせる。この世からあの世に旅立つ者である。昨日あった梯子が今日はない。昨日あった命が今日はない。その「ある」と「ない」の間における「存在と無」「生と死」の寓意性が作品のポイントである。

鑑賞 佐佐木幸綱 ㉔

第十四歌集『百年の船』

『百年の船』は二〇〇五年十二月、角川書店刊。二〇〇三年から二〇〇五年まで三年間の作品を収める。なおこの第十四歌集の後にも、現在までに『ムーンウォーク』、『ほろほろとろとろ』、『テオが来た日』、『春のテオドール』の四歌集があるが、今回の、連載丸二年二四回をもって、いちおう一つの区切りとしておきたい。第十五歌集以降の佐佐木作品の「鑑賞」は、比較的手に入りやすい近刊歌集ということもあり、読者各位にバトンを渡すことにする。ぜひ、直接歌集を手に取っていただけたら嬉しい。

てのひらのはるよわよわし　拾い来し雛の目白が
ふるえつづけて

「てのひらのはる」より。歌集巻頭の作品である。「はる」「拾い」「雛」「ふるえ」のハ行音の繊細な響きと、その音感の温もりが、早春の季節感を伝える。手の中に顫えやまない命の質感は、生まれたての春そのものだ。まだ弱々しいが、季節は確実に移り、やがて世界が一斉に羽ばたく芽吹きの時を迎える。その予感がみずみずしい。道で目白のヒナを拾うというのは、なかなか珍しい体験でもある。これは想像だが、愛犬との早朝の散歩で通る公園の木立などで、巣から落ちた目白のヒナを見つけたのではないか。

立春の日の夜空飛ぶネグリジェの大群　明日の天
気は晴

同じ一連より。前掲作品の隣に並ぶ、歌集二首目の歌である。であれば一首目の「てのひらのはるよわよわし」は、まさに立春の朝の歌ということになる。初々しいはずだ。そしてこちらはその日の夜の歌。色とりどりの薄絹のネグリジェの大群が、ひらひらと裾を震わせながら夜空を飛ぶ。そのイメージは、くすぐったくも鮮烈な奇想であり、まさに春の椿事である。「大群　明日の／天気は晴」という下句のリズムが、作品の切れの良さを生んでいる。特に結句の六音字足らずに注目する。現代短歌で字足らずが成功した稀有な例の一つと言えるのではないか。

はまぐりは身を熱くせり　旨酒とはふはふはふの春の夕ぐれ

「はふはふはふ」より。飲食の歌の命は何より旨そうかどうかである。この蛤と熱燗（たぶん）の取り合わせは相当旨そうだ。春↓桃の節句↓蛤、と読者の連想も楽しく広がる。そして作品のもう一つのポイントはオノマトペである。作者自身、歌集後記に「オノマトペは意味ではなく、音楽で世界と交響しあう言葉である。その根の部分は、言葉にはアニマがあるという、アニミズムの感覚だろう」と記す。同歌集からオノマトペの際立つ歌をさらに二首挙げておく。

一度もまだ使いしことなき耳搔きの白きほよほよ海外派兵

たぶんもう長くは生きまい　ぶわーんぬーっと深海ゆ来し不思議見て居り

入院の妻見舞いきぬ　鶴たりし二十歳のころの首立たせ居き

「病院」より。「鶴たりし二十歳のころの首立たせ居き」。この一瞬の直観で勝負した一点突破全面展開の歌である。

わが町のペットショップの灯が消えてイグアナ娘夢を見るころ

「骨酒」より。「イグアナ娘」。理屈や説明はいらないだろう。佐佐木は、近現代歌人の中で圧倒的に動物の歌の多い作者である。これはその動物の歌の中の〈はじめての雪見る鴨の首ならぶ鴨の少年鴨の少女ら〉（『はじめての雪』）のメルヘンに連なる歌。

この道は祖父も曾祖父も行きし道ゆえひきかえす息子と〈われ〉は

「太陽と月」より。作者の祖父は佐佐木信綱、曾祖父は佐々木弘綱。江戸時代の生まれの弘綱はもとより、明治五年生まれの信綱も、その前半生において江戸から明治への端境期を生き、本居宣長・春庭の「鈴屋」を通して江戸の「近世和歌」に連なっていた。弘綱、信綱の故郷は三重県鈴鹿。隣接する松坂の「鈴屋」は、風土的にもルーツと言える位置にあった。弘綱も信綱も、歌の道、そして歌の家を意識せざるを得なかったのである。歌の道という考え方の背後にあるのは「〈道〉としての歌」であり、歌の家の背後にあるのは「〈家〉としての歌」である。江戸期には〈家〉が全ての規範であり、その延長に「お家」としての藩、そしてその集合体としての「国家」(公=おおやけ)があった。その「家意識」に対抗する形で近代に西洋から流入したのが「個人」「自我」という概念であり、掲出歌に即して言うならば新しい〈われ〉の形である。近現代短歌は「道としての歌」「家としての歌」を捨てて、「個人の(すなわち〈われ〉の)文芸、としての短歌」「自己実現、自我の発現としての短歌」を選択したのだった。だから、もはや〈われ〉を生きるしかない「現代歌人」である作者も「息子」も、(宿命的に「歌の道」「歌の家」を意識の一方に置きつつも)、ある地点から「ひきかえす」しかないのである。家系の継承と和歌短歌史とが交差するその地点に立つ、その葛藤と自問自答が、「行きし道/ゆえひきかえす」という上句から下句への苦しい句またがりの息遣いに、よく象徴されている。

君の〈われ〉に私の〈われ〉を重ねつつ待っていたんだ　百年の船

「現代の〈われ〉・私の〈われ〉」より。歌集の巻末に置かれた歌である。平易な口語体、一字空けの多用など、近年の佐佐木の特徴をよく示す歌だが、解釈はたいへん難しい。「君」とは誰か、「百年の船」とは何か。歌集『百年の船』の作品群は長編評論「万葉集の〈われ〉」の角川「短歌」連載と並行して作られた。作歌時期は二〇〇三年からの約三年間。その「百年」前は一九〇三年、明治三六年である。当時どのような時代だったか。「心の花」創刊が明治三一年。子規「根岸短歌会」、鉄幹

「東京新詩社」設立が三二年。晶子『みだれ髪』刊が三四年。そしてぴったり百年前の明治三六年に刊行されたのが、作者の祖父佐佐木信綱の第一歌集『思草』だった。歌壇史的には近代短歌の成立期であり、和歌革新運動の真っただ中である。そこでは王朝和歌の規範である古今集を相対化する旗印として、万葉集が「再発見」された。そしてまた、万葉集は新政府によって「国家の支柱」として再評価されることにもなった。佐佐木の長編連載評論「万葉集の〈われ〉」は、その「万葉再発見」からちょうど百年後に、改めて短歌作品中の〈われ〉の位相という角度から万葉集を捉え直し、あわせて現代という超情報化時代における〈われ〉〈私〉とは誰かという問題を、古典・伝統の側から照らし直す試みだった。その延長線上に、この歌集『百年の船』はある。

さて、掲出作の「君の〈われ〉」である。万葉時代、「文学」(文字による記述)の萌芽によって自意識(われ、私、自分という概念)が初めて意識化された。自分の心を自分で記録する。そこで初めて「記述する自分と記述される自分、その自分とは誰か」という問いに直面した。作品の「君」はまず、その分裂のジレンマに最初に直面した万葉人たちである。そしてこの「君」はまた、突如「西洋近代自我」の洗礼を受けた明治人、わけてもその渦中の一人・佐佐木信綱でもある。近世と近代をともに「経験」し、和歌短歌を通して、古代から近代への作品上の「われの変容」を皮膚感覚として知る信綱にとって、「万葉集の〈われ〉」はどう映っていたか。そして新時代を生きる「近代人」として、信綱の自我と「作中のわれ」はどのような距離にあったか。佐佐木幸綱はいま、超情報化社会の渦中にあって、遠景に万葉集を、近景に明治人信綱を置きつつ、〈われ〉の複合的な位相の前に立つ。

さらにこの「船」には、どこか柿本人麻呂の〈ささなみの志賀の唐崎幸くあれど大宮人の船待ちかねつ〉のイメージが重なる。人麻呂が、信綱が、幸綱が、時を隔てて待ち続けるものとは何か。

百年に一度訪れる幻の船がある。劇的に変わろうとするパラダイムの潮目に、彼方から忽然と現れて、改めて「おまえは誰か」「〈私〉とは誰か」という大いなる問いを突き付ける、短歌史からの使者である。

Ⅱ　佐佐木幸綱の世界

「出口なし」
――佐佐木幸綱の初期作品から

I

かつて一九九一年一月から二年間にわたって、「心の花」に「佐佐木幸綱論」を連載した。それは数年のちに『佐佐木幸綱　人と作品総展望』（ながらみ書房、一九九六年）として刊行された。それから二十数年が経った。

その間、いくつかの場所で「佐佐木幸綱の世界」と題して、継続的に作品を紹介し、また論じる機会があり、新宿朝日カルチャーセンター「短歌ワークショップ」と「心の花」鎌倉歌会ではいまも継続中だが、特に最近、その初期作品について改めて思うことがあった。それについて書くことで、現代短歌がどこを目指して来たのか、その一端を考えてみたい。

・一国の詩史の折れ目に打ち込まれ青ざめて立つ柱か俺は　『火を運ぶ』

故・菱川善夫は、佐佐木のこの歌を愛した。菱川さんがこの歌を熱く語る場面に、私も何度か立ち会ったことがある。「一国の詩史の折れ目」というダイナミックな視野と志、そして「青ざめて立つ柱」との言挙げは、まこと佐佐木の自画像と言うにふさわしい。作品は第四歌集『火を運ぶ』の連作「最初の歌人」所収。「最初の歌人」とは柿本人麻呂を指し、タイトルには「柿本人麻呂論を書き継ぐ日ごろ」という詞が付けられている。この連作は、「最初の歌人」人麻呂から現代短歌までを一つの視野に収め、その大きな視座から改めて自らの現在位置を確認することがモチーフとなっている。その意味では、飛鳥甘橿丘に立って初期万葉の歌人たちの「願い」と「野心」「挫折」に思いをはせながら歌った〈直立せよ一行の詩　陽炎に揺れつつまさに大地さわげる〉（第二歌集『直立せよ一行の詩』）と強く響き合っている。「直立せよ」の歌は人麻呂の〈東の野にかぎろひの立つ見えてかへり見すれば月かたぶきぬ〉への「返歌」であると見るべきである。そうしたことを思い返しつつ「一国の」を読むとき、改めて注目するのは「打ち込まれ」という受け身表現である。ではこの「青ざめた柱」を打ち込んだのは誰か。人麻呂以降の和歌短歌史を一つの奔流と捉え、その大きな流れの中に自らを位置付け、現代短歌を、そして自らを捉え直すという連作の主題からすれば、それは明らかだろう。「一国の詩史」そのものの意志によって、そして「折れ目」にあって突破口を模索する現代短歌の切迫した危機意識によって、宿命として打ち込まれた一本の「柱」である。その宿命に「青ざめ」つつ、しかしからくも自ら「立つ」。そこに青年幸綱の志を読むことができる。

のちに述べるように、佐佐木が本格的に短歌を始めたのは昭和三四（一九五九）年である。昭和三十年代は日本にとって、敗戦に続く大きな転換点であり、そしてまた短歌にとっても、まさに「一国の詩史の折れ目」だった。その前後十数年の主な出来事を、昭和史と現代短歌史から拾ってみる。まずは社会・世相から。

昭和二六年、サンフランシスコ講和条約・日米安全保障条約調印。二七年、血のメーデー事件。二八年、朝鮮戦争休戦協定。二九年、第五福竜丸被曝、自衛隊発足。三〇年、砂川闘争、自民党結成。三一年、経済白書「もはや戦後ではない」。三二年、日本が国連非常任理事国に。三三年、東京タワー完成。三四年、安保改定阻止国民会議結成、皇太子成婚、伊勢湾台風、三池争議。三五年、安保闘争激化、新安保条約発効、山谷暴動、浅沼社会党委員長刺殺、高度経済成長・所得倍増政策。三七年、キューバ危機。三八年、吉展ちゃん事件、力道山刺殺。三九年、東海道新幹線開通、東京オリンピック。四〇年、ベ平連結成。四一年、早大闘争、ビートルズ来日、羽田沖・松山沖で全日空機が墜落。

こうして見るとこの時代は、経済的には戦後復興から高度成長への時代であり、政治的には六〇年安保・学生運動とベトナム反戦平和運動の、そして世相的には不穏な事件の多発した時代だったことがわかる。特に佐佐木にとっては六〇年安保と、ベ平連との関わりが大きかった。ちなみに去年「朝日新聞」に〈ベトナム反戦脱走の元米兵、五〇年後に再訪日〉という記事が掲載された。五〇年前の事件、それは、一九六七年十月、米軍横須賀基地に入港中のアメリカの空母イントレピッドから四人の米兵が脱走し、「ベトナムに平和を!市民連合」（ベ平連）の支援で出国、スウェーデンに亡命して反戦を訴えたというものだった。まさにそのような時代の空気の中に佐佐木の青春はあった。

一方、短歌にとってはどういう時代だったか。少し遡った地点から列挙する。まず昭和二一年、「新歌人集団」(近藤芳美、宮柊二、加藤克巳、大野誠夫、香川進、山本友一、前田透ら)結成。昭和一五年の合同歌集『新風十人』(前川佐美雄、佐藤佐太郎、坪野哲久、五島美代子、斎藤史ら)の刊行が近代短歌と現代短歌の橋渡しを担ったとするならば、「新歌人集団」はまさに戦後短歌のスタートを告げるものだった。次の大きな波は昭和二六年である。近藤、岡井隆らが「未来」を創刊。「短歌研究」で「モダニズム短歌」特集。塚本邦雄『水葬物語』刊。これをもって現代短歌運動(前衛短歌運動)が実質的にスタートしたと言える。次いで二八年には斎藤茂吉、釈迢空が死去。それはまさに近代短歌の終焉を象徴する出来事だった。翌二九年、角川「短歌」創刊。先行する「短歌研究」とともに、ジャーナリズムの時代がここに始まる。以後、ジャーナリズムの隆盛と現代短歌とは、まさに密接に関わって来た。同年、中城ふみ子「乳房喪失」が中井英夫編集の「短歌研究」新人作品五十首に一位入選。次席は石川不二子。その同じ年に中城ふみ子死去。新人作品第二回特選に寺山修司「チエホフ祭」。第一回評論賞に菱川善夫、上田三四二。昭和三一年、現代歌人協会および青年歌人会議発足。現代短歌運動が加速し、塚本、岡井、寺山、春日井建らが脚光を浴びる。そして岸上大作ら大学歌人会の活動がそれに続いた。佐佐木幸綱はその渦中にデビューした。ちなみに、佐佐木が短歌を始めた昭和三四年は、私の生まれた年でもある。まあそれはあまり関係ないが。

Ⅱ

佐佐木の短歌の出発は、昭和三四年十月八日、自らの誕生日当日の父・治綱(佐佐木信綱三男)の死去によってであったと語られている。後にそれは「あまり突然のことだったので呆然とするばかりだった。二ヶ月ほど経って自分の内側を整理しておこう、と考えたときに短歌があったのだ。短歌しかなかった、と言いかえてもよいかもしれぬ」と振り返られる(「出遭い」=現代歌人文庫『佐佐木幸綱歌集』所収)。その折の作品が、同じ『佐佐木幸綱歌集』に《初期作品》として収められている。連作「明日のために眠らん」四〇首中のⅡの一連である。

現代歌人文庫『佐佐木幸綱歌集』（国文社）は昭和五二（一九七七）年、佐佐木が三九歳の時に刊行された。

・石をもて柩を打てと、何故になぜに我は柩を打たねばならぬ
・我が為し得ること何もなし看護婦より懐中電灯を奪いて照らす
・にぶく光る酸素ボンベが人間の、父の命の音たてながら
・義歯除きし父の笑いの幼くて臨終の時に我も笑いたり
・父死にき父死にきと心にたしかめて母かばう位置に我立ちていつ
・わが生《あ》れし日に死に給う父のことむしろ幸福として未来を生きん

佐佐木の作歌の直接の引き金となった、父治綱の死を歌った作品を抄出した。この「明日のために眠らん」のⅡは、基本的に時間経過に従った連作進行となっている。ただ、最初に置かれた「石をもて柩を打てと」の歌は葬儀の場面であり、これのみ時間的な位置は前後するが、一連のモチーフを明確にするためにこの歌を敢えて冒頭に据えたと考えると納得がゆく。全体を見渡して改めて気付くことは、この一連が斎藤茂吉の「死にたまふ母」を意識していることである。時間経過に従った連作による看取りのドキュメント、という点に、それは顕著に表れている。佐佐木が昭和三十年代半ばに、ほぼ初めて短歌を作る上で、いきなり前衛短歌ではなくまず茂吉であったことに注目しておきたい。作品も基本的に、オーソドックスなリアリズムに立脚していると言える。作品を一首ずつ見てゆく。

・石をもて柩を打てと、何故になぜに我は柩を打たねばならぬ

述べたように、父の葬儀で息子として柩の蓋を最後に閉じる場面が、連作の冒頭に歌われる。そのいわば待ったなしの場面で、父の一人息子という自身の位置を、そして死という絶対的事実を、その運命の冷厳を、改めて確認している歌である。言葉にし、短歌として歌うことによって運命を確認し、そしてその確認作業を経ることで現実の不条理を受容するところに、この連作のモチー

フがある。「不条理」とは実存主義哲学の重要なキーワードのひとつである。後述するが、それは本稿のテーマとも大きく関わっている。

・我が為し得ること何もなし看護婦より懐中電灯を奪いて照らす

ドキュメントの手法による現場性、緊迫性がよく出た作品である。特に「奪いて」が効いている。突然の運命の暴力性に対する焦燥と無力感が激情とともに表白される。

・にぶく光る酸素ボンベが人間の、父の命の音たてながら

「人間の、父の」という言い直しによる確認がポイントとなる。「父の」と認めたくない思いが「人間の」という抽象表現を取らせる。そしてそれが他ならぬ父の命終の「音」であることを再確認し、愕然とする。その、理不尽な運命（不条理）を受け入れざるを得ないという思いが、この言い直しに示される。

・義歯除きし父の笑いの幼くて臨終の時に我も笑いたり

ついつられて場違いな笑いを笑う。この笑いは切ない。突然の事態に直面して、どのように対処すべきか、日常の行動コードを見失い混乱する。そのような極限的状況の中での笑いである。父の笑っているような顔につい息子も笑ってしまう。それは、ぎりぎりの場面で、人生の当事者として父と子が通い合い連帯する一瞬でもある。切なさはそこにある。

・父死にき父死にきと心にたしかめて母かばう位置に我立ちていつ

言葉にして確認し、自らに言い聞かせることで、事態を客観的事実として受け入れる。受容する。死者である父と、生きている側に立つ我と母と。下句は、死を受け入れたがゆえの態度であるだろう。すなわち、母の側に、生者の側に立つ、その覚悟が示される。

・わが生《あ》れし日に死に給う父のことむしろ幸福として

自らの誕生日と父の命日が同じ日であることに運命の意志を感じ取った歌だと言える。注目するのは「死に給う父」という語である。ここには明らかに、生母の死を時系列に従ってドキュメントとして描き、近代における連作の新しい可能性を示した斎藤茂吉の「死にたまふ母」が意識されているだろう。この連作はいわば、受け入れがたい父の死を作品化することで追体験し、それを思想化することによって受容する、作者にとって必要不可欠のプロセスであったことがわかる。運命に対する断念と受容の通過儀礼として、まず最初に作者にとって短歌はあった。そしてまたそれは、同じ短歌を通して今後も父と繋がり続けることでもあった。そのような断念と受容、連帯の器として短歌を選び取ることが、歌人佐佐木幸綱の出発点だったのである。

Ⅲ

現代歌人文庫『佐佐木幸綱歌集』にはもう一本、《初期作品》として収録されている連作がある。「相聞歌篇」である。「明日のために眠らん」と「相聞歌篇」は第一歌集『群黎』以前の作品（ただし何首かは『群黎』にも重複して収録されている）で、「相聞歌篇」は竹柏会刊の合同歌集『男魂歌』（第一集、昭和四六年）にまず発表され、その後、『青春前期』と題された歌集に収録されるはずだった。しかしこの歌集は結局刊行されず、昭和五二年に『佐佐木幸綱歌集』に再録された。「相聞歌篇」でもっとも有名になった作品は、おそらく次の歌だろう。

・サキサキとセロリ噛みいてあどけなき汝《なれ》を愛する理由はいらず

初々しい恋の歌で、ポイントは言うまでもなく「サキサキ」というオノマトペにある。いまだあどけない少女がセロリを噛む音は「サキサキ」。「サキサキ」「セロリ」のサ行音の頭韻が、薄緑のセロリのフレッシュな質感や香りのイメージとあいまって、青春前期のさわやかな恋愛感情を象徴する。下句の「汝を愛する理由はいらず」とのストレートな言挙げも、怖れを知らない真っ直ぐな若さをよく伝えている。既成の大人の側に対する若さの独立宣言であり、時代的にも、石原裕次郎の演じた青年象に通じるものがある。若さという肉体的特権のみを拠り所として既成社会と対峙する、その青春宣言がこの下句だろう。

　述べたようにこの歌の第一のポイントはオノマトペにある。「オノマトペの先進地・俳句」「オノマトペを使おう」といった形で、佐佐木は繰り返し擬音語・擬態語に言及して来た。オノマトペとは、理屈ではなく肉体的なリズムであり響きである。「響き」は幸綱短歌の重要なキーワードである。それについては拙著『佐佐木幸綱』で幾度も言及したので繰り返さないが、若き佐佐木がこうしたオノマトペに込めたものは、理屈、説明、概念、美学が先行しがちな同時代の歌に対する、短歌の肉体《ボディ》の回復、というコンセプトに他ならない。「肉体」は佐佐木のたいへん大きなキーワードである。

　それと密接に関連して、この歌ではオノマトペ以外にも音の響きが重要な意味を持っている。前述の「サキサキ」「セロリ」「愛する」というサ行音の押韻、そしてさらに「かみいて」「あどけなき」「なれ」「あいする」と母音A音の頭韻（KA、A、NA、A）が副旋律となっている。歌の音楽性を重視し、音読し、また耳から音の響きとして歌を味わう。それもまた、意味・理屈・感性・趣味性ばかりが先行する頭でっかちな「文学」、室内楽的な「文学」へのアンチテーゼであり、まさに「肉体」というキーワードにおいて、例えば金子兜太とも強く共鳴し合ったのだった。さらに、若き佐佐木のこうした姿勢の対岸には、「文学的」に生き「文学的」に死を選んだ岸上大作の存在があったと言わなくてはならない。「否定ではなく肯定の短歌を」「頭だけではなく体全体で歌う」と繰り返し述べる青年幸綱の短歌は、岸上作品（に象徴される文学）の内向、自己否定、センチメント、そして岸上自身の語彙を借りるならば「失恋」、「敗北」へのアンチテーゼとして、「肉体」を掲げてスタートしたのだった。

　この「サキサキと」の歌のもう一つ重要なポイントは、他でもない〈実存主義〉である。実存主義とは、第二次世界大戦後、サルトルらによって始められた思想・文学運動である。フランスのサルトル、カミュ、ドイツのハイデッガー、ヤスパースらがその代表とされる。それは平たく言えば、人間の〈実存〉（理性や科学技術だけでは捉えられない人間個々の独自の、ありのままの存在）をすべての前提として認め、人間一人一人を〈疎外〉

〈自分が自分自身として充実し、自己実現することが妨げられた状態、「自己疎外」〉から解放する道を探そう、という思想運動、文学運動で、日本では「社会参加＝アンガージュマン」というスローガンともあいまって一九六〇年代の学生運動の一つの指針となった。

佐佐木幸綱と実存主義。それは唐突な組み合わせではない。たとえば、若き日の佐佐木が時枝誠記の『国語学原論』に心酔したというエピソードを思い出してもよい。時枝がそこで提唱した「言語過程説」は「〈場〉の言語学」とも呼ばれるように、〈いま、ここ〉に、すなわち〈現場〉に立脚した言語学であり言語哲学だった。そこでは抽象的な「言語」一般ではなく、それを発する個々の〈主体〉が重視された。つまり、人間中心主義の言語観、人間や場面の個別性を中心に据える言語観である。言語とは（ソシュールが言うような）抽象的・概念的なモデルとして存在するのではなく、あくまで〈場〉や互いの生身の関係によって刻々と変化する「具体的な個々の言語」の総体であるとするその言語哲学は、いわば「言葉の実存主義」と言ってよい。

話をサルトルに戻すが、実存主義とはいわば頭でっかちな抽象理念や科学的・合理的理性、理想主義へのアンチテーゼであり、その人がそこにいること（存在すること＝existential）を、不安や否定的側面をも含めて、まず是認しようとする。そして、人間の存在は抽象的な理念ではなく、〈いま、ここ〉を生きているその（肉体をも丸ごと含めた個別的な）存在自体にある、とする。サルトルは《実存は本質に先立つ》というテーゼから出発した。それは、ありのままの存在（存在の実体）は、本質などという抽象概念に先立つ（優先する）、という〈現場〉の哲学である。その人が今ここに存在すること自体が、すべての理屈に優先するというテーゼは、まさに現場の肉体、肉声、実体、実感の復権を志向する佐佐木の作歌理念と合致する。だから「汝を愛する理由はいらず」なのである。「理由」など後付けの言い訳にしか過ぎない。その「理由＝理屈」を拒否するのがこの言葉である。眼前に愛するあどけない少女がいる。それ以上のどのような理屈も、むしろ互いの関係の純度を貶めてしまう、と直感するその実感に、若い佐佐木幸綱の実存哲学があった。

「相聞歌篇」からさらに挙げる。

・もとめよう玉ねぎにおう朝のため二人ぼっちの一つ

の言葉

「玉ねぎにおう朝」という具体的な現実の場面と、求めあう二人の思いにのみ、〈いま、ここ〉の実体、実感がある。だから二人で探すのは、抽象的な愛の理屈ではなく、ただ二人のためだけの一つの言葉（例えば「約束」や「誓い」のような）である。その現場性においてのみ、言葉という抽象的なものは実体を持つ。すなわち、言ってしまえばここに、時枝言語学における「言語過程説」の実践がある。

・蟻食《ありくい》の毛皮欲しいと言うのみの唇日焼けをせしわが
　胸に

やはり〈いま、ここ〉の実存の手触りを肉体的・具体的に捉える。「唇」も「日焼けをせしわが胸」も、いわば若さの「特権的肉体」（唐十郎がかつて唱えた）の象徴としてある。

・うっすらと口紅ひける唇よ言うなしばらく雪の神話
　も

「うっすらと口紅ひける唇」こそが〈いま〉であり、まぎれもない実在である。それに対して美しい「雪の神話」も、抽象的な絵空事であり、二人の〈いま〉の前に輝きを失う。

一連ではこのように、既成社会の側の、出来合いの概念・理屈（「理由」や「神話」）と、青春の今を生きる作者の実感・実体・実存とが意識的に対比されている。さらに挙げる。

・ビルの鋭き角に未来を企てる薄明の街を走る二人は
・寄り添って歩み来し人ふり返る仕草するとき大人び
　ている
・美しい少女一人を好きになり夏の一日の疲労鮮《あたら》し
・見つめ合う視線がつくる〈今〉のようになまぐさく
　あれつねにあなたは

どれもいい歌だが、特に〈今〉というキーワードが直接用いられた四首目は象徴的だ。「なまぐささ」は生、個性そのものであり、だから「なまぐさくあれ」という願いは、自分自身を既成の枠（例えば組織や体制のように個人の自由を縛るもの）に押し込めるのではなく、常に生身の自分自身であれという、まさに短歌による実存主義宣言として読むべきである。

Ⅳ

次に第一歌集『群黎』を見てゆく。『群黎』は昭和四五（一九七〇）年十月一日刊。三二歳の誕生日の直前の第一歌集だった。連作篇「群黎Ⅰ」と一首独立篇「群黎Ⅱ」（五十首）の箱入り二分冊で、青土社から刊行された。ちなみに佐佐木は一九七〇年から七九年までの丸十年間に四冊の歌集を出している。『群黎』（七〇）、『直立せよ一行の詩』（七二）、『夏の鏡』（七六）、『火を運ぶ』（七九）で、それらは全て青土社の清水康雄氏の手によって刊行された。そしてその後、『反歌』『金色の獅子』が相次いで出版される一九八九年まで、十年間の歌集空白期間に入る。

『群黎』が刊行された一九七〇年はどのような時代だったか。六〇年安保から十年。六〇年代末に再び沸騰した七〇年安保が急速に収束し、一方で大阪万博に象徴されるような、経済成長にともなう「昭和元禄」の大量消費社会が訪れようとしていた。一方歌壇では六〇年代の前衛短歌運動が一段落して、現代短歌の次の方向が模索されていた。ベトナム戦争が激化したこの時期、社会も歌壇も大きな屈折点にあった。そうした中で、歌を始めてから十年の活動を経て、前衛短歌を批判的に継承したのが佐佐木幸綱だった。私の日常茶飯の小さな現実ではなく、もう少し遠くを見据え、もう少し大きなものに到達しようとする。時代・社会・人間存在を主題意識を持って歌う。方法的にも、狭義のリアリズム・写実主義にとどまらず、比喩、象徴技法、思い切った文体の転換を多用し、試行と冒険をよしとする。佐佐木はそれらの意味では前衛短歌を継承しつつ、同時に塚本邦雄作品の一側面に代表される、言葉の趣味性、装飾性、衒学性とは違う行き方を目指し、個々の直面する〈現場〉を重視した。新古今的な言語世界の内部の美の王国ではなく、万葉的な生々しく野太い「人間の声」を求め、生身の人間の肉声の回復によって、より大きな人間の現実へ到達する「帰納法」的な方法を志向したのだった。

ここにも佐佐木幸綱の「実存主義」は明確に示されている。繰り返すが実存主義とは、（もちろんそれぞれの哲学者の個々の考え方に分け入ればいろいろな言い方ができるが）大きく言えば、抽象的な理想論・概念論ではなく、〈いま、ここ〉における現実の存在として人間を捉える思想である。まさに「物事は現場で起こっている」のであり、「真理は各時代の衣装をまとって現れる」「人間の真実は個々の現場にある」のである。そうした立場から、六〇年、七〇年安保闘争後、経済優先、合理性（近代的理性、目的合理性）優先の社会状況の中で混迷と閉塞感を深める時代を、生身の人間の問題、状況と〈個〉の問題として、現場から問うたのが『群黎』だった。「群黎」とは中国の古い言葉で、もろもろの民、黎民、庶民、人民、民衆、群衆をいう。その命名から思い出すのは塚本邦雄歌集『日本人靈歌』である（これについては、『佐佐木幸綱』に述べた通り、すでに鈴木竹志の指摘がある）。塚本の『日本人靈歌』が、敗戦によって傷ついた「日本人である僕たち一人ひとりの魂」を歌ったものだとすれば、佐佐木の『群黎』は、いわば戦後二五年における新たな日本人の霊歌（ゴスペルソング、魂の歌）を志向したとも言える。『群黎』はまさに、六〇年代の困難な状況の中における人間の存在（実存、実在）を見据える歌集として刊行された。

　佐佐木の第一歌集『群黎』の巻頭に据えられたのは「動物園抄」二九首である。初出は『現代短歌70』（69/11）。同書は冨士田元彦ほかの編集委員によって編まれた現代短歌アンソロジーで、当時二年ごとに刊行されていた。歌集『群黎』が七〇年十月の刊なので、この一連はまさにデビュー歌集のスタートを飾るに足る、直近の自信作であり勝負作だったことがわかる。作品を抄出する。

・走らない羚羊《かもしか》と猟をせぬ男わかり合いつつ目を外らすなり
・肥り気味の黒豹が木を駆け登る殺害なさぬ日常淫ら
・月下の獅子起て鋼《はがね》なす鬣《たてがみ》を乱せ乱せば原点の飢え
・土の臭いに蒸されて駱駝が立っている水溜りそこ明日の血だまり
・行って帰れば又檻の壁たましいの野生責めつつ羆《ひぐま》た行き戻れ
・思いがけぬ野生キリンが立ち止り尿《いばり》激しく土を打ち始む

　ここに描かれているのは、自らの魂の自由（野生、本性、実存性）を奪われ、檻の中の平安に飼いならされながら、わずかに残された野生の回復と自己実現の可能性を探してもがく動物たちの姿である。一連は、文字通り動物園に取材して、「主題制作」として構成されたものだった。ちなみにその後も佐佐木は、『金色の獅子』所収の「動物たちの歌」「上野動物園にて」「親子」など、意識的に動物を歌っている。近代短歌の描写詠が代表する植物の静に対して、動物の動を題材とし、今を生きて行為・行動するものへの親近感、連帯感、共感が込められる。檻の中の動物たちはむろん、社会制度という枠の中に生きるしかない現代人のメタファー（暗喩）であり、アレゴリー（寓話）である。一連ではまさに現代社会における人間の、個としての生きにくさ（実存哲学に言う「疎外」「個的疎外」＝疎外感）を寓意的に描き出す。動物園の入り口から順路に従って檻を巡りつつ、その「群黎」（群衆）たちが個々に直面する今を、その抱える困難と希求を、確認し、そして園の「出口」へ至る。連作の末尾には、次の歌が置かれる。

・荒々しき心を朝の海とせよ海豹《あざらし》の自由いま夢の中

この作品の下段には「自由を与えないでください」という警告と、そしてゴチックで〈出口なし〉という言葉が添えられている。連作「動物園抄」は〈出口なし〉という絶望の言葉をもって終わる。これは苦い断念だろうか。それとも遠い希望を込めた反語だろうか。

『出口なし』は第二次大戦末のフランスで執筆されたサルトルの戯曲で、絶望的な状況下で自由意志によって自らの未来を主体的に選択する存在としての人間を描き、一九五〇年代の不条理演劇にも繋がった。

出口なし。動物園では、順路に従って進めばいつか出口にたどり着けるが、われわれの現実には出口がない。檻の外に出たとしても、そこには現代社会という強固なシステムの檻が広がっている。その絶望的な人間疎外の中で、どのようにわれわれは、私は、「魂の自由」を確保し、全的な自己実現を可能にしてゆけるのか。近代合理主義と同調圧力に息が詰まる管理社会にあって、社会に全て背を向けて幻のユートピアに旅立つのではなく、想像世界の虚空に遊ぶのではなく、個々の人間の置かれた「いま・ここ」の現実の中で、自らの生をどこまで充実させることができるか。この困難な問いが「動物園抄」のテーマであり、そして歌集『群黎』のモチーフだった。

「荒々しき心を」の歌をもう少し細かく見たい。まず一読印象づけられるのが「荒々しき」「朝」「海豹《あざらし》」の母音Aの頭韻である。その連鎖が結句で「いま」とI音に転調する。さらに「あらあらし」と「あざらし」が相似形の押韻として機能している。そうした加速度的な言葉の畳みかけが、前にも述べた「肉体のリズム」として作品の大きな魅力となっている。

しかし歌われた内容は、文体の開放的な響きに相反して暗い。それはまさに、賑やかに悲しみを歌うゴスペルの質感に通じる。「囚われの海豹の自由」は、檻の中で束の間みる夢の中にしかない。現実は「出口なし」であり、眠たく絶望的な退屈だけが続く。だが、本物の海(自分が最も自分でいられる場所、自己を実現する場所、本来いるべき場所)は遥か遠くても、われわれには心があり、想像力がある。本当の海が眼前にないのならば、わずかに残された野生(本性)を、魂の海として生き延びよ。すなわち「心を朝の海とせよ」。若き幸綱には命令形の歌が多い。基本的に現状がどうかという追認ではなく、これからどうすべきかという願い、願望を歌う。それをわれわれは「志」と呼ぶ。すなわち「述志」の歌である。さわやかな朝の海は、海豹にとってどこまでも自由な約束の土地であり、自分が最も自分として居られる場所である。想像力だけを武器に、心の中にそれを回復させよと、この歌は呼び掛けている。そう読むと、この歌は詩歌への、歌人として出発する自らへの、願望であり激励であり、決意表明であることがわかる。それは、詩的想像力による人間の回復への希求である。その願いの絶望と希望を見据え、「出口」を探す。それが青年幸綱にとっての短歌だった。

そのように見ると、先ほど列挙した作品も全く同じコンセプトに貫かれていることがわかる。〈肥り気味の黒豹が木を駆け登る殺害なさぬ日常淫ら〉〈月下の獅子起て鋼《はがね》なす鬣《たてがみ》を乱せ乱せば原点の飢え〉……。自らの本性を、野生の自由を奪われ、現状に安住するしかないものたちの苛立ちと、わずかに残された希求と。特に、前のめりなリズムに支えられた「月下の獅子」の歌の、原点回帰へのこの熱過ぎる呼びかけは、動物への、人間への、魂のスローガンとしてあった。さらにもう一首引く。

・イルカ飛ぶジャック・ナイフの瞬間もあっけなし吾は吾に永遠《とわ》に遠きや

『群黎』の巻頭作品「動物園抄」の次に置かれた連作

「英雄」より。この作品もまた、動物園や水族館に取材した歌で、動物の一瞬の動作の充実に、人間の自由と自己実現の可能性を重ねる。まず注目するのは「ジャック・ナイフの瞬間」というメタファーである。「ジャック・ナイフのような鋭利な姿で、全身をナイフとなして空へ飛翔する」緊迫の瞬間。それは眩しく輝かしい形だが、ここもまた現実の海ではない。本来イルカにとって、最もイルカらしく野生の命じるままにふるまって、最も本質的にイルカそのものとして居られる場所は、大海に他ならない。初期の佐佐木作品の鍵となる「実存主義」から言えば、そここそが自らの実存を全的に可能とする場所である。繰り返すがそうした、自分が自分自身でいることから隔てられている状態を「疎外」（個的疎外、自己疎外）と呼ぶ。その疎外状況からどう逃れ、どう自由と充実を回復できるかという問いが、つまりは初期幸綱の作品に他ならない。今このイルカのいるプールは、そうした本来の場所ではない。しかし、人間に徹底管理された小さなかりそめのプールであっても、身を引き絞ってジャンプする時だけは、残された野生の命ずるままに、自由に、本来的に、自分自身として存在することができる。

だがそれも「あっけなし」。また着水の後には、囚われの身のルーティンワークとしての平板な時間が待つ。そのように私は、人間は、本来の自分、あるべき自分と遥かに隔たっているのだろうか、という問いがここにある。もしそれが絶望的な隔たりであるならば、「出口」はどこにもない。ではどうすればこの閉塞状況、疎外状況からの脱出は可能なのか。

・今日を越えゆく身ののめり平行棒を越えて視線の中に刺さりつ
・胸に広がる荒野みるみる駆けて来る裸馬　熱き馬肉食えば

同じ「英雄」より。一首目はハイジャンプか棒高跳びだろうか。作者が動物の歌とともに好んで歌うスポーツの歌である。動物もスポーツもキーワードは肉体。イルカにとってのジャンプと同じように、人間の肉体の自由の極限を示すアスリートへの共感が、この作品の根底にある。肉体の自由はおのずと精神の自由に繋がる。繋がると信じるところに佐佐木の歌はある。その意味でも、一首目は「イルカ飛ぶ」とまったく同じモチーフの歌である。そして一瞬の充実の次の瞬間、彼は重力に引き戻されて、観衆の視線の中に倒れ込むしかないのだ。二首目は野生馬の真裸な魂への賛歌。「熱き馬肉」がリアルだ。肉体の充実の記憶が、肉となっても火照りとして残っている。そのエネルギーを直接食らう感覚である。これらの歌はみな究極の充実とその断念とをモチーフとしている。その狭間にどのような「出口」を確保するかという人間の生き方の問題としてこれらの歌はあった。困難な時代における生き方の問題を突き詰めて問うこと。それが本来の「思想」である。

V

そうした人間疎外の困難な突破口を探す上で、〈肉体〉（人間の肉体性、短歌の肉体性、現場性、肉声）と並んでもう一つのキーワードとなるのが〈笑い〉である。ここからは、一九七〇年代に出された四冊の歌集から作品を引く。

・桜花ちれちるちりてゆく下の笑いが濡れている夕まぐれ　『群黎』

・秋の痣《あざ》秋の笑いのあざわらい怪《あや》しくあおき青空のもと　『直立せよ一行の詩』

・君は笑う横隔膜をまくり上げその隙間より覗く星空　同

・あずさゆみ春の笑いを笑いつつひたすら酔わん杯《はい》上ぐるなり　同

一、二首目はナンセンスな「笑い」の歌。語呂合わせや早口言葉の感覚で、韻を踏み、リフレインしつつ畳み掛け、言葉を極限まで加速させることで「理」（センス）の世界を振り切り、まっしぐらにナンセンスの世界へ突入する。「ずいずいずっころばし」や「かごめかごめ」の世界である。三首目の「君」は少年時代の自分自身。戦後少年の「アッカンベーの吾が少年期」を実に大らかに歌う。四首目も実に気持ちのいい「酒」と「笑い」の歌である。枕詞「あずさゆみ」が示す、ぴんと張られた弓の漲る充足が、笑いと酒の充実感へと繋がっている。さらに大らかなユーモアの歌を挙げておく。

・君は食う豚足ざりがにゲバラの死金平糖の紅のとげとげ　『直立せよ一行の詩』

・さらば象さらば抹香鯨たち酔いて歌えど日は高きかも　同

・うそが飛ぶ空がしぐれて日が暮れて辻褄合わせて寝るほかはなし　『火を運ぶ』

こうして見ると、この時期佐佐木は笑いの中でもとりわけ、ナンセンスということを強く意識していたようだ。それは、人間のありのままの〈いま・ここ〉を出発点とした実存主義が、「不条理」を見据える文学運動へと発展していった経緯とも呼応している。ナンセンスと不条理とは、いわば地続きである。

・わが胸を溢れて熱き孤影あれ鉄腕アトムというチビほどの　『群黎』

・みずからの耳見みみずく緑満つる森にみるみる溢るる涙　同

・カツサンドほおばる口を見られいて対岸の火事此岸の食事　同

・しっとりとしめる唇の呼ぶ名前ああいつからかかわいてきたずら　同

・心の鳥を撃つ男らの群の向こうエイハヴはもう来ないのだろうか　『直立せよ一行の詩』

・一ヌケタ二ヌケタ三の三角の波逆立てり錆びしいかりに　『夏の鏡』

・土砂降りの夜に聞くラジオの歌謡曲義理欠きお茶碗欠いたのは誰？　『火を運ぶ』

さて、私の最後の問いは、ナンセンスは、そして笑いは、時代閉塞と人間疎外を打ち破る突破口になるか、である。笑いとは、理の世界を突き抜けた精神の舞踏である。そしてナンセンスはセンス（近代合理的理性、合理的システム）に対する最大のアンチテーゼなのだった。

天才バカボンの父《パパ》を見よ！

佐佐木幸綱の動物の歌

「初期歌篇」より

蟻食《ありくい》の毛皮欲しいと言うのみの唇日焼けをせしわが胸に

『群黎』

月下の獅子起て鋼《はがね》なす鬣《たてがみ》を乱せ乱せば原点の飢え

荒々しき心を朝の海とせよ海豹《あざらし》の自由いま夢の中

イルカ飛ぶジャック・ナイフの瞬間もあっけなし吾は吾に永遠《とわ》に遠きや

胸に広がる荒野みるみる駆けて来る裸馬　熱き馬肉食えば

高価な小犬を拾った俺のうわさ広がって華やいでゆく夜の寮

厩昏《く》れ馬の目はてしなくねむり麦たくましく熟れてゆく音

犬好きの少女俺の好きな少女　走れ　断て　伸びよ四月

『直立せよ一行の詩』

たちまち朝たちまちの晴れ一閃の雄心《おごころ》としてとべつばくらめ

さらば象さらば抹香鯨たち酔いて歌えど日は高きかも

『夏の鏡』

ひばりひばりぴらぴら鳴いてかけのぼる青空の段直《きだすぐ》立《た》つらしき

生と死とせめぎ合い寄せ合い水泡《みなわ》なす渚蹴る充実のわが馬よ

『火を運ぶ』

戸を閉めたる商店街に行き遇える白犬をおどしたりして酔漢われは

若葉の村へいつか至らむ古《いにしえ》も空ゆ行くという駒あらざりき

夏野行く夏野の牡鹿、男とはかく簡勁に人を愛すべし

『**金色の獅子**』

笑いつつまだ笑う犬、われを措きて男あらじとまぼろしのわれ

父として幼き者は見上げ居りねがわくは金色《こんじき》の獅子とうつれよ

南より来たれる猿の親と子と吾ら親子と濡れて向き合う

しゃぼん玉五月の空を高々と行きにけり蚯蚓《みみず》よ君も行き給え

小綬鶏は呪文続けていたりけり遠けども朝まぎれなき声

風邪の子を膝にひらける図鑑にはぶろんとさうるすしのぐなあさす

雲豹《うんぴょう》が地をけり雷がしんしんと天の深処を渡りゆくなり

一輪とよぶべく立てる鶴にして夕闇の中に莟のごとし

『**反歌**』

はにかんで五月のひかり、野のひばり、わかるよ、戦後少年なりき

『**瀧の時間**』

孤独なる虎が歩ける装飾窓《ウインドウ》傘傾けて廃墟を来れば

白き坂のぼりつつおもう　尾はことに太きがよろし人もけものも

前世は鯨　春の日子と並び青空につぎつぎ吹くしゃぼん玉

赤き月に吠えいたりしが紺深き闇におぼれて静けくなりぬ

でんわまつじかんはあわき縹いろ漂うさかなのこころがわかる

『**旅人**』

ここにしも寂しきおとこ出発ロビーに犬抱《いだ》き来て犬にもの言う

ひらめきて城壁を越ゆ、魔女も居し時世の空を飛びしかささぎ

にっぽんの歌の話をせよという羊いる野を越えて行

くべし

『呑牛』

岩塩の塩田ありてそのそばに羊を追えりこれも一生

心には古代の雪が降りしきり実存の亀大脳をあゆむ

鳩を出す秋の銀杏は太々と立ちて濡れたりわが友として

『アニマ』

はじめての雪にたかぶるわが子犬跳ねつつ白き木霊を待つも

爺杉《じいすぎ》の中のこだまを呼びにきて若きあかげら若き首をふる

『逆旅』

川筋を目じるしに来て夕つ雁なお遡上せり旅をゆくもの

『天馬』

日本むかし話の鶴と川獺と鼎談をせり　体育の日に

『はじめての雪』

はじめての雪見る鴨の首ならぶ鴨の少年鴨の少女ら

秋のソファーに寝ている秋の犬二匹ちょっと詰めろ俺も仲間に入れろ

エレベーターの扉がひらき正面に正座して今夜も犬がかがやく

冬川を泳ぎ来しエリーと通夜にゆくわれとすれちがう銀の夕暮れ

電脳の指示を待つ間のわたくしは犬のロッタの従順真似て

二匹の犬紅梅の花咲く午後を震えるチェロのかたわらに寝る

『百年の船』

てのひらのはるよわよわし　拾い来し雛の目白がふるえつづけて

たぶんもう長くは生きまい　ぶわーんぬーっと深海ゆ来し不思議見て居り

わが町のペットショップの灯が消えてイグアナ娘夢を見るころ

鶯はまだ来ず目白がやって来て見上げる犬のロッタ

見下ろす

『ムーンウォーク』

日本が貧乏だったころの桜　象のはな子の上に写れり

猫はふつう橋を渡らず一生を終えるのだろう　夕暮れの橋

『ほろほろとろとろ』

堤防までゆきてとまれる軽トラよりふわりと白犬がまず飛び出せり

『テオが来た日』

シロという名前の白き白猫のまわりに白き三匹居りき

あおぞらを燕がすべり白犬の仔犬のテオが家に来たる日

白い頭の毛が黄に染まり黄の頭ふりながらわが膝に乗り来る

『春のテオドール』

きにいりのアノマロカリスのぬいぐるみだいてねているテオの夕ぐれ

あさぞらへながくほえおり　かぜのなかを南へむかうかりがねの列

レトリバーと生《あ》れたるからににんげんの靴をくわえてゆうぜんとくる

佐佐木幸綱の動物の歌・注釈

抄出した佐佐木幸綱の動物の歌は、「初期歌篇」および既刊十八冊の歌集から五八首。その中から大まかにピックアップして、作品の特徴を明らかにしたい。

「初期歌篇」の「蟻食」の歌。アリクイの毛皮などというしろものは、まあ普通手に入らないだろう。そうした理不尽な要求をする、まだ少女のあどけなさを残す若い恋人の天然な感じがモチーフ。「火鼠の皮衣」をねだったかぐや姫のイメージか。

第一歌集『群黎』の一連。歌集巻頭に据えられた連作「動物園抄」は、いわばその時点での佐佐木の勝負作だった。つまり佐佐木の歌歴は動物の歌から始まったとも言える。同作は、動物園の檻の中で「野生」を持て余す動物たちに、管理化が進む現代社会の「出口なし」の疎外状況を重ねた、寓意的な文明批評だった。特に連作の締めに置かれた「荒々しき」の歌に注目する。

『群黎』からもう一首。「胸に広がる」の歌。馬肉が煮たり焼いたりされて物理的に熱いのではない。むしろ馬刺しを生ニンニクで喰らう感覚。馬の命のエネルギーを、その火照りを、宿して「熱い」のだ。

『直立せよ一行の詩』の「さらば象」の歌。象も鯨もばかでかく、かつ大らかだ。しかもそこには、いかなる計らいもない。そんな動物たちの圧倒的な存在感や、ありのままの個性を、作者は愛するのである。

『夏の鏡』の「生と死と」。この歌が収められた「充実のわが馬よ」は朗読のために作られた連作で、音読によってこそ、その疾走感覚が体感される。競馬のサラブレッドに取材しつつ、行為の究極の充実が孕む不吉を捉えた、記念碑的連作である。

『火を運ぶ』の「夏野行く」は柿本人麻呂の恋歌〈夏野行くを鹿の角の束の間も妹が心を忘れて思へや〉を踏まえる。夏の野を行く牡鹿の精悍な若さが鮮やかだ。

『金色の獅子』の表題歌「父として」は、ヘミングウェイの「老人と海」の最後の夢の中に登場するライオンと、遠く繋がっている、と思う。「しゃぼん玉」の歌は、作者の大きな優しさがよく伝わる作品。また「風邪の子を」は図鑑の恐竜の歌。恐竜もまた、当然動物なのだった。「雲豹が」の歌は、まさに雲豹がそれ自身の本質において充実し切っている姿を歌う。「一輪の」の歌は、確か塚本邦雄が佐佐木幸綱の「美学」を激賞した作品。比喩の切れ味が勝負所で、作者には珍しい「幽玄体」の歌だと言える。歌集『金色の獅子』には、そのタイトル通り動物の歌がたいへん多い。

『瀧の時間』の「孤独なる虎」は、ショーウィンドウのポスターだろうか。物質文明の崩壊前の危うい爛熟に紛れ込んでしまった虎の、「野生の孤独」を歌う。それはあたかも、ニューヨークの摩天楼をさ迷うターザンのごとくである。「白き坂」の歌の「尾」。それは人間がまだ完全には失っていない「野生」であり、「最も自然なる部分」の表象だろう。人間の尻尾は、幸綱歌に何度か歌われているモチーフである。

『旅人』の「にっぽんの」の歌。同歌集は、一年間のオランダ滞在中の作品を収める。従って「羊」はオランダの羊。「羊いる野」が洋画風の感覚で楽しい。

『呑牛』の「心には」の歌。作者の大脳を歩む「実存の亀」とは何か。禅問答である。その亀は、理屈や原理以前に、ただそこに現実として存在する。だから「実存」である。「鳩を出す」の歌。秋の銀杏は重厚な手品師である。鳩も嬉しそうだ。

『アニマ』の「はじめての」。このモチーフがやがて歌集『はじめての雪』として結実した。まさに、無垢な命が自然のアニマを聴き分ける感覚。「爺杉」の歌。谺は木の中に蔵われている。そうか「こだま」とは木の魂なのだった。爺さん杉が長い長い年月、年輪深く宿し続けた木霊を、若い友達のあかげらが呼びに来る。いいなあ。

『逆旅』の「川筋を」。さらに遠くへ。上流へ。源流へ。「みなかみ」へ。そこに旅の本質がある。牧水の旅もそうだった。

『天馬』の「日本むかし話」の歌。寓話性が楽しい。なんとなく人を食ったような感覚があるのは「(カワウソ)」だからか。「体育の日」にもとぼけた味わいがある。ぜひ鼎談で何を話したのかを知りたい。こういう途方もないユーモアは「日本むかし話」ならではであり、動物の歌ならでは。

『はじめての雪』に登場する、かつての佐佐木家の二匹の愛犬、ロッタとエリー。詳しくはこの特集［注・「心の花」2021年9月号］のアルバムと、佐佐木頼綱によるエッセイを見ていただきたい。

『百年の船』の「てのひらのはる」の歌。目白の雛が怖々と見る世界の初々しさが、まだ浅い春の、ナイーブな予感に繫がる。「たぶんもう長く」の歌。「深海ゆ来し不思議」は、但馬の海から浜坂の漁協に揚がった深海魚リュウグウノツカイ。その奇天烈な姿への驚きが「ぶわーんぬーっ」というオノマトペによって絶妙に示される。まさに「言葉のアニマ」である。

『ムーンウォーク』の「日本が」の歌。「象のはな子」は、戦後初めてタイから日本に来た象で、初め上野動物園にいたが、井の頭公園に移された。名前は戦争中に餓死させられた「花子」にちなむ。六九歳まで生きた最も長寿の象である。桜は上野だろうか吉祥寺だろうか。はな子は、「戦後」という時間を共に生きた同志だった。「猫はふつう」の歌。「猫はふつう橋を渡らず一生を終える」。唐突な決めつけにナンセンスな可笑しみがある。それはどこか、厳かな箴言のようにも響く。でも考えてみたら、多くの猫を飼った私の体験からして、確かに猫は、隠れる場所がなく敵の眼に晒される開けた場所を極端に嫌う。このナンセンスな箴言は、至言でもある。

『ほろほろとろとろ』の「堤防まで」の歌。何もない堤防に軽トラックがどこからかやって来て、先端で停まる。次に何が起こるのかぼんやり見ていたら、ドアが開いて白い犬が飛び出してきた。ロングショットで撮影した映画のような感覚が持ち味。

歌集『テオが来た日』と『春のテオドール』に登場するテオドール（愛称テオ）は、佐佐木家の愛犬のゴールデン・レトリバー。両歌集のカバーの装丁には、そのポートレートが使われている。興味のある方はぜひ、歌集表紙を見ていただきたい。

文庫版『群黎』解説

佐佐木幸綱の第一歌集『群黎』は、さまざまな試みが盛り込まれた実験歌集であり、加納光於氏の斬新な装幀ともあいまって、造本にも短歌ワンダーランドのおもむきがある。全編を通じて、思い切って自由に、短歌の可能性が体当たりで探られている。その姿勢が端的に示されているのは、連作編と一首独立編が二分冊にされた歌集構成である。

特に連作編は、主題制作と言うべき「動物園抄」「風景」「城」、海外取材に基づく現地ルポ「ヴェトナム」、成り代わりの手法を用いて風俗から時代を捉えた「東京の若者達」、祖父佐佐木信綱への挽歌「肉親」など、公私両面で実にバラエティにあふれる。

行って帰れば又檻の壁たましいの野生責めつつ羆《ひぐま》また行き戻れ

荒々しき心を朝の海とせよ海豹《あざらし》の自由いま夢の中

「動物園抄」では、檻の中の動物たちを通して時代の閉塞状況を寓意的に歌い、命令形による呼び掛けをもって、「たましいの野生」を基盤とした人間の回復が希求される。

汗のシャツを汗のサイゴンに脱ぐときの祖国への愛みだりがわしき

暗い六月　われに一筋ひるがえる川のかなたの輝く村は

「ヴェトナム」は、戦火の地への取材によって、世界・状況の細部を肌で感じ、その危機の質感を、現場の視点で路上から歌う。

そう「現場」。それがこの歌集のキーワードである。静ではなく動。〈見る〉歌ではなく渦中に身を置く歌。一例を挙げる。

胸に広がる荒野みるみる駆けて来る裸馬　熱き馬肉食えば

すすり泣きつつ尖りゆきゆく流れゆき押されゆきつつ自ら呼べり

殴り合うために来し暗いジム肉喜々として血はおびえつつ

飲食、性、スポーツといった行為・行動を題材とし、動詞を多用しながら、〈今〉の手触りを、その原初的な生の充実を、現場から歌う。能動・肉体・生理に立脚したこのような肯定的なエロスは、我のなげきを告白する負の文学と一線を画しつつ、「前衛短歌」以後の一つの可能性をも提示していた。

作品のそうした現場性を表現面から強調しているのは、語句のたたみかけがもたらす勢いのあるリズムである。

月下の獅子起て鋼《はがね》なす鬣《たてがみ》を乱せ乱せば原点の飢え

夜熱し、手と手、手と手と響き合い呼びあえり黒人霊歌の渦に

犯されている時もなお消え去らぬ目のなかの虹聖者来る橋

桜花ちれちるちりてゆく下の笑いが濡れている夕まぐれ

夏の女のそりと坂に立っていて肉透けるまで人恋うらしき

しっとりとしめる唇の呼ぶ名前ああいつからかかわいてきたずら

世が世なら夜な夜な幽霊来つらんに寄席の帰りの夜更の屋台

リフレイン、対句、押韻、言葉遊び、そしてオノマトペ、方言、ユーモア。言葉の現場性と言うべきものをもって、歌自体のボディ（生理、肉体）が追及されている。誤解を恐れずに言えば、その背後にあるのは〈遊び〉としての歌、との視点である。遊び。いわばそれは近代短歌が、一回性の我の現実と引き換えに置いて来たものだった。ひるがえって佐佐木幸綱の歌には、我を歌ってもそれに恋々としない、大らかであっけらかんとした広がりがある。我の現実に小さく自足せず、その存在を、大きな視座から丸ごと捉えている。根底にあるのは、人間再生への願いである。歌集の代表歌と呼ぶべき次のような作品にも、その姿勢は顕著だ。

ゆく秋の川びんびんと冷え緊まる夕岸を行き鎮《しず》めがたきぞ

人間の一途の岐路に立ったれば「信ぜよ、さらば……」さらば吾が友

厩昏《く》れ馬の目はてしなくねむり麦たくましく熟れてゆく音

無頼たれ　されどワイシャツ脱ぐときのむざむざと満身創痍のひとり

そうした作者が拠り所とするのは、古典と現代、伝統と現在の架橋である。

夏草のあい寝の浜の沖つ藻の靡きし妹と貴様を呼ばぬ

なめらかな肌だったっけ若草の妻ときめてたかもしれぬ掌《て》は

古語、枕詞、序詞によって和歌短歌史と今がぶつけ合わされ、歌の大らかなエネルギーの回復が企図されているのである。

ハイパントあげ走りゆく吾の前青きジャージーの敵いるばかり

「ラグビー」と題して「群黎Ⅱ」に置かれたこの歌を私は今、短歌への志そのものが述べられた作品と読みたい。ラグビーでは、ボールを後ろに回しつつ、トライを目指して体はひたすら前に進む。トライとは試行であり挑戦である。背後の同志を信頼することが、後退ではなく前進に繋がる点にラグビーの思想がある。すなわち志の継走。それは、伝統を信頼し人間を信頼しつつ、現場・渦中に身を置く『群黎』の世界にそのまま繋がるだろう。

返答の歌人

数年前、所属する「心の花」に二〇回にわたって佐佐木幸綱論を連載した。〈ひびき〉〈人間の声〉〈壊す〉〈行為・行動〉〈肉体・肉声・生理〉〈動物の歌〉〈男歌〉〈家・父と息子〉〈韻律〉〈伝統〉〈心と言葉〉といった幸綱短歌の代表的キーワードに沿って、「継承と革新」という視座からその作品を私なりに考えたのだが、あらためてここでは、それらのキーワードを総合的に捉え直す事で、佐佐木幸綱の短歌における立脚点をより立体的に探りたい。

幸綱がよく用いる言葉の一つに〈原点〉がある。

月下の獅子起て鋼《はがね》なす鬣《たてがみ》を乱せ乱せば原点の飢え　『群黎』

夕星《ゆうずつ》の青冴え冴えと西に見え久々に原点という語が浮かぶ　『火を運ぶ』

幸綱の〈原点〉という言葉にまず思い出すのは、歌人としてのその出自だろう。具体的には、近代短歌の一翼を大きく担った「心の花」の主宰者の家に、佐佐木信綱の孫、治綱の息子として生まれ、一九五九年十月、自らの誕生日当日の父・治綱の突然の死によって文字通り運命的に短歌と出会ったことと、その時期がいわゆる「前衛短歌」の開花期、すなわち短歌のシーンが大きく変革されようとしていた時期に重なることである。つまり幸綱は、その出発に当たって近代短歌と現代短歌の連続性と相剋を、ふたつながらに切実に考える位置に立っていた。和歌短歌史における〈伝統〉の継承と革新の問題が、幸綱にあっては「志」という言葉を媒介としながら、〈家〉や〈父と息子〉の問題と抜き差しならず結び付いていたのだった。このことは幸綱の短歌を考える上でたいへん大きなポイントである。

例えば、第二歌集『直立せよ一行の詩』中の、亡き父・治綱を歌った連作「父と息子」に、次の歌がある。

男と男父と息子を結ぶもの志とはかなしき言葉

幸綱の家族詠において見落とせないのは、父から息子への世代のリレーが、そのまま短歌の〈伝統〉のリレーに重なることである。従って幸綱が短歌の継承を言うとき、それは祖父の、また父の「志」の継承でもある。しかもその継承は、究極的には乗り越えることで達成される。であればこそ「志とはかなしき言葉」なのであり、その「志」によって父と息子の関係は、男と男のそれに還元される。その意味で一貫して幸綱の家族詠は、単なる身辺詠とは明確に一線を画していると言ってよい。そしてまた、このように先人たちの歌における「志」を敬愛し、自身も意志によって立とうとする信念が、諸作品の動詞を核とした直截な文体や、命令形の多用、またそのダイナミックな語彙とあいまって、幸綱短歌の〈男歌〉としての性格を決定しているのである。

一方、幸綱が短歌を始めた一九六〇年前後は、社会的には「六〇年安保」の渦中にあり、自身も運動に関わりつつ、政治と文学の位置関係、直接行動と表現の位置関係を、切実に問わなくてはならなかった。そして、そうした原体験に根差した〈状況〉と〈個〉、〈集団〉と〈個〉の問題は、以後折に触れて幸綱の作品のテーマとなってゆく。

まず第一歌集『群黎』巻頭の連作「動物園抄」より引く。

肥り気味の黒豹が木を駆け登る殺害なさぬ日常淫ら

行って帰れば又檻の壁たましいの野生責めつつ羆《ひぐま》また行き戻れ

荒々しき心を朝の海とせよ海豹《あざらし》の自由いま夢の中

「群黎」とは「群衆」あるいは「民衆」のことであり、つまりは現代人一般のことである。それを確認した上で「動物園抄」を読むとき、これらの作品からは、「政治の季節」の終息にともなって目に見えない管理化が徐々に進んでいた、連作発表当時（一九六九年末）の社会状況において、否応なく疎外されてゆく〈個〉の危機、さらに言うなら〈個〉の生理や肉体、肉声の危機が浮かび上がって来る。それはそのまま、引用一首目の「肥り気味の黒豹」の姿、すなわち「殺害」という黒豹としての本質から隔たった、淫らな日常に安住するその姿に重なってゆく。そうした問題を、動物園の檻の中にあって飼い馴らされながら、僅かに残った自らの野生をどうしようもなく持て余す動物たちの姿に重ねたところに、この連作の大きな意図があった。ことに二、三首目に見える「たましいの野生責めつつ羆《ひぐま》また行き戻れ」「荒々しき心を朝の海とせよ」という動物たちへの熱い呼び掛けには、個性や本音や野生・生理の十全な実現が困難な〈出口なし〉の閉塞状況にあって、それでもなお、それらにぎりぎりのところでこだわろうとする幸綱の祈りに近い願いが現れている。

さらに第三歌集『夏の鏡』には次のような作品がある。

彼岸の夕日を負いて立てれば詩を書けば傍観者たる縁《ふち》踏みはずす

女《ひと》よ、わが詩の危機なれば夏なれば断ち裂きてゆく水に書く歌

詩歌とは真夏の鏡、火の額を押し当てて立つ暮るる世界に

迫り来る死期知りいつつ状況へ歌うを止めし若き唇《くち》はや

三首目までは、韓国の詩人・金芝河が反政府活動のかどで死刑判決を受けた事件の衝撃を、「わが詩の危機」として受け止めた連作「夏の鏡」より。また四首目は、二八歳で刺殺された鎌倉三代将軍実朝の、歌への志と失意、挫折を、自らに引きつけて歌った連作「源実朝」より。一読明らかなように、いずれも政治と文学、行為・行動と表現、そして〈状況〉と〈個〉の問題を背景に、一首目の「傍観者たる」の言葉が示す〈見る〉文学としての和歌短歌、二首目の「水に書く歌」が示す〈調べ〉の文学としての和歌短歌の伝統を、どう受け止め、それらにどのように返答してゆくか、また短歌表現がいかにして能動的な行為たりえるか、が問われている。

短歌は〈しらべ〉ではない、〈ひびき〉なのだ、という思いがしきりにする。情ではなく、あるいは情と対等に、意や志を重視したいとする私の短歌観にこれはもとづいている。感覚的な表現をすれば、情には流れよどみ、意や志には貫く折るが似合う。情は水、意や志は鉄だ。したがって、一首の中に時間を感じさせない短歌でありたいと願った。一首が、いわば一語であって発光体でありうる短歌、〈ひびき〉の語にこだわれば発音体、震源体である短歌を願った。〈しらべ〉

の短歌のリズムが流れるそれとすれば、〈ひびき〉の短歌のリズムは直立していなければならない。本書の書名は、このひそかな私の願いの表れである。

短歌の根幹を〈ひびき〉に求めた、第二歌集『直立せよ一行の詩』の「後記」の有名な一節である。この高らかな言挙げは、幸綱自身の短歌に対する考え方を最も根源的なところまで遡って述べ、歌の基本的な姿を「調べ」に見る従来の和歌短歌観に大きな一石を投じたものであり、いわば幸綱の歌を理解する上での一つの核となるものだが、その言わんとするところを正確に把握するためには〈しらべ〉と〈ひびき〉の根本的な相違をまず押さえなくてはならないだろう。

一義的には声調・リズムを言う用語である〈しらべ〉〈ひびき〉に、幸綱はそれぞれ「情」と「意志」を対応させ、その双方の印象を「水」と「鉄」、「流れよどみ」と「貫く折る」の比喩によって対比させているわけだが、さらに言うならば〈しらべ〉には湿り、感傷、詠嘆、同情、共感といったイメージが、また〈ひびき〉には衝突、対立、連帯、対話、返答といったイメージが付帯している。調べは一人でも奏でられるが、響きはぶつかり合う相手あってのものである。

さらに〈しらべ〉は基本的に外部→内部（世界→自己）という受動的姿勢に基づいており、〈個〉と〈集〉の未分化な共感関係のなかで、読者の集団的・伝統的情緒におもねる要素があるのに対して、〈ひびき〉は、内部→外部（自己→世界）という能動的姿勢に基づいており、あくまで〈個〉として立つ意志に貫かれている。〈個〉と〈集〉の未分化な状態においては「出会い」はあり得ない。〈個〉が〈個〉としてあることによって初めて「出会い」は可能となるのである。したがって、〈しらべ〉がモノローグであるなら〈ひびき〉はダイアローグであり、〈しらべ〉が自己完結的であるのに対して〈ひびき〉は関係を希求すると言えるだろう。

つまり幸綱の「短歌は〈しらべ〉ではない、〈ひびき〉なのだ」との言葉はあくまで、短歌は自己完結する詠嘆の詩ではなく、関係を希求するダイアローグであるべきだという作歌姿勢の延長線上にリズム・声調の問題を捉えたものとして、あるいはリズム・声調の用語である〈しらべ〉〈ひびき〉を、そのような作歌の根本問題にまで発展させたものとして理解されなくてはならない。

そうした幸綱の姿勢は次のような歌に端的に表れてい

る。

いま言わざれば言えぬ数々口腔に犇《ひしめ》く時し土砂降りの雨

『直立せよ一行の詩』

直立せよ一行の詩　陽炎に揺れつつまさに大地さわげる

夏雲の影地を這って移りゆく迅さ見ていてひびきやまざる

人に歌ひとにひとつの志あわれなりはるかにきよき口笛

君は死者われは生者かへだたりに置く鉄とせよわれとわが歌

心から心へわたす言葉あれあわれ日月が汚せし鉄は

いずれもダイアローグを志向する短歌への志を直接的に歌ったものである。

一首目。開口一番の「いま言わざれば」とのつんのめるような字余りが、内容とあいまって作者の切迫した心情を伝え、その激つ思いを結句「土砂降りの雨」が映像的に受け止めている。「いま言わざれば言えぬ数々口腔に犇《ひしめ》く時」とは、対象へ向けた発言として、まさに「こころ」が「歌」としての能動性を獲得する瞬間である。その時、突然降り出す土砂降りの雨。歌うことを実にダイナミックな関係性のなかで捉え、さらに「時し」にみえる強調の「し」が、動的な臨場感を増幅させている。注目すべきは、自然がその心のダイナミズムに感応するものとして捉えられている点である。言ってしまえば、自然（外界、世界）が歌に答えているのである。

それは二首目にも言える。よく知られた歌だが、上句の言挙げに対する下句の関係について言及しなければ、この歌を十全に理解したことにはならないだろう。下句「陽炎に揺れつつまさに大地さわげる」とは、単純な叙景ではなく、また単に来たるべき何かへの予感を比喩的に述べただけの表現でもない。すなわち言魂信仰を背景にしていると見るべきである。それは、この歌を含む連作「直立せよ一行の詩」の冒頭に、作者が飛鳥の地に立ち、「初期万葉の歌人たち」にはるかに思いを馳せていることが、詞書きで述べられていることからも明らかである。幸綱の意識の中には、まぎれもなく柿本人麻呂の〈東の野に炎の立つ見えてかへり見すれば月かたぶきぬ〉があっただろう。作者は、柿本人麻呂の見た古代の自然のプリミティブなエネルギーを、現代にあって幻視し、また遥かに感応している。何より「まさに」との語がそれを示している。したがって「直立せよ一行の詩」という上句の実に象徴的な述志の言は、千数百年の短歌の歴史および伝統を明確に視野に入れ、それと対話し、わたりあう意志によって初めて得られたものである。

三首目。いわば季節の気配を青春の気分に重ねた作品で、夏の大らかで肯定的な開放感と、いっさんに地を移り行く影のスピード感の上に、開けゆく未来への予感が歌われる。注目すべきは、言うまでもなく「ひびきやまざる」である。そこには幸綱短歌における、行為の能動性を包括的に象徴する言葉としての〈ひびき〉の位相が、明確に現れている。

四首目は、「歌」と「志」を並列し、同列のものとして提示することによって、後記にいう「情ではなく、あるいは情と対等に、意や志を重視したい」との短歌観を直接的に表白している作品である。志をもって〈行く〉単独者の孤独と自恃が、同じ立場にある遥かな他者への連帯感とともに歌われている。「はるかにきよき口笛」が実に印象的だ。

五、六首目は〈海底の戦艦の砲引き上ぐと今びしょ濡れの鉄と男ら〉に始まる「鉄」一連の中核をなす歌で、戦中に自爆沈没した戦艦陸奥の引上げの場面に取材したものである。「死者」と「生者」の隔たりにあるのは「時間」（六首目にいう「日月」）だろう。自らの短歌はその「時間」に置く鉄のようなもの、いや鉄そのものであれと歌われる。「鉄」とは重しであり、熱によって鍛えられ確かな量感を変化なく持ち続けるものの謂いとして「意や志は鉄だ」との言葉と対応している。さらに、そのような決意のもとにうたわれる歌は「心から心へわたす言葉」、すなわち人間の根本部分で響き合いせめぎあうものであってほしいとの願いが述べられる。

みてきたようにこれらの歌は、対社会、対伝統、対時間、対死者、対人間、対世界といった様々なレベルで「関係」を結ぼうとする意志に基づきながら、「歌」あるいは「歌うこと」の根源をそうした、関係を結ぶこと、対象に問うこと、響き合うことの中に求めようとした述志の歌であり、それはそのまま同時代の短歌への、また大きく言えば短歌史全体への返答であると言うことができる。

さらに、そうした意識の背景に次のような信念があることを忘れてはならないだろう。

私はいま人間へ呼びかける声のありざまを思うのみである。それは、たぶん論理ではない。意欲と志に支えられた人間の本音であるしかないだろう。本音だけが波紋をつくれるのだ。その人間の声は人間であることの責任において発せられる〈発言〉でなければならないだろう。

〈他者への信頼〉によって成り立つこの短歌が、形骸としてではなく、真に持続してゆくためには、個人のではない人間の声をわれわれはさがさねばならぬ。

（「人間の声」『極北の声』所収）

われわれが短歌形式を選択するのは、われわれの文体がそれとすんなり合致するからではまったくなく、対立し衝突する形式であるゆえをもって選択するのである。形式は日常語の語的秩序を点検し破壊する計器であり武器なのだ。短歌形式を以上のごとく認識するとき、形式の選択は、詩の方法として自覚されるのである。

（「短歌ひびきの説」『極北の声』所収）

幸綱の短歌がすぐれて動的《ダイナミック》な緊張感を持つのは、「短歌形式」の保障する「対立」「衝突」を、現代において短歌を選ぶうえでの最も重要な要件として捉え、そこにわれわれの短歌の存在理由を置いているからである。

一国の詩史の折れ目に打ち込まれ青ざめて立つ柱か
俺は

「一国の詩史の折れ目」とは、いわばボーダーであり分水嶺である。ここに歌われた、その対立点に立ち、そこに踏みとどまろうとする志は、歴史と同時代の両方に対して、衝突と葛藤による波紋を引き起こしている。志とはつまりは〈世界〉への返答の別名である。その「返答」によるせめぎあいのダイナミズムに幸綱短歌の最大の魅力がある。

Ⅲ　幸綱作品のバック・ボーン

「心の花」創刊号を読む

明治二九（一八九六）年、佐佐木信綱は自らの門人組織である「竹柏園」を母体とした短歌雑誌「いささ川」を創刊する。その「いささ川」が発展的解消をとげた後に創刊されたのが「心の花」である。〔注・創刊号では「こゝろの華」という表記がなされ、また表紙には万葉仮名表記が用いられている。その後表紙題字は「こゝろの花」「コヽロノハナ」等を経て「心の花」に統一されてゆく〕。

「心の花」創刊は明治三一（一八九八）年。信綱は数え年二七歳の若さだった。

奥付に掲載された編集者は門下の石榑辻五郎（千亦）、発行者は井原豊作（義矩）、発行所は「東京市」の石榑千亦の住所に置かれ、信綱は雑誌発刊の表には出ていない。定価は拾銭。発売所は、現在も神田神保町にある東京堂ほか。広告取り扱いは同じく神田の博報堂ほか。歌とともに文章（短歌評論のみならず文学論、随筆、美文、創作、翻訳まで多岐にわたる）を積極的に掲載することを旨とし、このうち短歌の選を信綱が担当した。いわば、同人らの短歌発表の場と、外部依頼による文芸雑誌と、その二つの機能がミックスされたものと考えていいだろう。

巻頭の「発行の詞」は「編者しるす」となっており、石榑千亦が執筆したと思われる。千亦は五島茂の父、五島美代子の義父であり、また「心の花」編集とともに、「帝国水難救済会」において吉井勇、古泉千樫らを育て、短歌史に大きく寄与したことはよく知られている。

信綱自身は創刊号に「われらの希望と疑問」という文章を執筆し、歌誌名「心の花」の由来を次のように述べる。「花てふものなからましかば、春秋のながめもいかにさびしからまし。歌てふものなからましかば、人々のおもひをいかでかやらむ。歌はやがて人の心の花なり」。私はこの宣言《マニフェスト》の背景には、「古今集」仮名序の冒頭の一節「和歌《やまとうた》は人の心を種として万の言の葉とぞなれりける」が意識されていると思う。〈心〉が種、それが発芽した葉っぱが〈言葉〉であるなら、その言葉の最上の花束＝詞華こそが、心という種が開花した〈歌〉である…。どうだろう。

創刊号「目次」を見たい。まず目につくのは巻頭「発行の詞」の次に掲げられている高崎正風の名前である。高崎正風は宮中御歌所長であり、信綱の第一歌集『思草』にも序文を寄せている。一方作品欄の最初には、明治三一年の歌会始めの「御題詠進」として皇族の名前が続く。なお同欄にはすでに大谷（九条）武子らの名前も見える。高崎正風への処し方は信綱の個人的な信頼ということもあるだろうが、創刊時期の「心の花」は、いわば旧派の最後を見取り新派（近代短歌）へとリレーする、時代の橋渡しの役割を担ったのだった。ちなみに与謝野鉄幹の「亡国の音」発表は明治二七年。また「心の花」創刊と同年同月に正岡子規の「歌よみに与ふる書」連載が始まり、翌明治三二年には「根岸短歌会」と「東京新詩社」が創立されている。

時はまさに和歌革新運動の始動期であり、旧派から新派への過渡期だった。なお、次いで旧派衰退後の一時期に「心の花」は、子規の「根岸短歌会」と鉄幹の「東京新詩社」との論争の舞台ともなった。

創刊二年目には岡麓ら根岸派の人々が「心の花」編集に一時参加し、子規、伊藤左千夫らが誌上で積極的に発言した。この時期、「心の花」は一結社誌を超えて、まさに短歌総合誌、または文学運動体としての性格を担っていたと言える。また信綱は、根岸派の急進性に苦慮しながらも、論争深化のためにそれを許したのである。信綱の度量と言っていいだろう。

さて、創刊以降明治大正期に「心の花」に文章や歌を発表した人々は次の如くである。萩野由之、大町桂月、与謝野鉄幹、正岡子規、尾上柴舟、落合直文、金子薫園、服部躬治、伊藤左千夫、上田敏、長塚節、蕨真、土居晩翠、森鷗外、チェンバレン、川合玉堂、幸田露伴、坪内逍遥、小山内薫、長谷川時雨、吉井勇、北原白秋、石川啄木、前田純孝、新渡戸稲造、新村出、時枝誠記、橋本進吉、武田祐吉、久松潜一、和辻哲郎、有島武郎、窪田空穂、斎藤茂吉…。また木下利玄、川田順、印東昌綱、柳原白蓮、九条武子、橘糸重子、大塚楠緒子、片山広子、新井洸、斎藤瀏、栗原潔子、前川佐美雄ら「心の花」の中核を担った人々。さらに相馬御風、吉植庄亮、古泉千樫らも一時期同人だった。

一部に過ぎないが、これだけでも短歌史、文学史、国語国文学史の一大俯瞰図である。それを支えたのは佐佐木信綱の、一結社・一グループに狭く限定しない、短歌への大きな志だった。信綱は旧派・新派、根岸派・新詩社で対立するのではなく、歌をもっと大きな可能性として考えた。百年後の現代に通じる文学意識と志を持っていたのである。

すでに「佐佐木信綱の〈新しさ〉」(『言葉の位相』『歌人の肖像』所収)、「信綱から佐美雄へ」(『歌人の肖像』所収)において繰り返し述べて来たように、私は、佐佐木信綱の「おのがじし」(それぞれの歌人の相違性・独自性・個性)を最大限に尊重するこの基本姿勢(短歌に対する理念・哲学)が、「心の花」で信綱に師事した前川佐美雄、そしてその佐美雄を師と仰いだ塚本邦雄、という継承のルートを通して、われわれの「現代短歌」に大きく寄与したと考えている。佐佐木信綱↓前川佐美雄↓塚本邦雄。従来はあまり顧みられることのなかったこのルートをクローズアップすることによって、近・現代短歌史はまた新たな姿を見せるはずである。

「心の花」を支えた三世代の女性

昭和三一年竹柏會発行の『佐佐木信綱文集』に付された年譜の、明治二九年の項に次の記述がある。「二月、藤島正健の女雪子を娶る。徳富一敬翁の媒酌による」。信綱は数え年二五歳、雪子は数え二三歳。長男長女の結婚であり、翌年誕生した第一子逸人は外祖父藤島氏を嗣いだ。結婚の前提として、両家にそのような約束があったのである。媒酌の徳富一敬は蘇峰・蘆花の父で、肥後実学党の指導者・思想家として幕末から活躍した。信綱と蘇峰・蘆花との生涯にわたる親交は、ここに端を発する。佐佐木幸綱は著書『佐佐木信綱』（桜楓社）で、祖母雪子について次のように記す。

「妻であり、信綱のよきアシスタントでもあった雪子が他界したのは、昭和二十三年十月十九日であった。享年七十五。脳溢血であった。九人の子を生み、七人を育て上げた女性である。数多い来客をさばき、連絡事務その他のキー・ステーションとして、今で言うマネージャー役を結婚以来果して来た」

手元に今、「心の花」会員で「佐佐木信綱研究会」に所属する田中薫作成の、雪子に関する詳細な資料がある。その中から雪子の経歴について、もう少し拾いたい。雪子の父藤島正健は明治政府の官僚で、仏リヨン初代領事、富山県知事、千葉県知事を歴任。徳富家はその母方の縁戚である。ちなみに蘇峰・蘆花と正健は従兄弟の関係にある。正健の母方にはまた、幕末の思想家横井小楠もいた。雪子は十歳の時、父のいるリヨンに母とともに赴き一年半滞在。十八で竹柏会に入会して信綱に師事した。信綱は二十歳の冬、千葉の知事官舎に藤島一家を訪ねて稲毛の浜を共に散策し、雪子への思いを深めたという。次の歌はその頃の信綱作である。

・かくばかり思ふは知らでかくばかりこふるとしらで音づれのなき

・君の名の雪より清き心もて清き言葉をのこせとぞ思ふ

田中薫作成の「『小鈴詠草』抄」(「佐佐木信綱研究」5号)より引いた。若き信綱の、雪子への初々しい思いがよく伝わる。二首目の「君の名の雪より清き心もて」が、なんとも微笑ましい。

雪子はまた二一歳の時、中島歌子、樋口一葉、大塚楠緒女(楠緒子)らとともに博文館の「閨秀小説」に短編が掲載され、結婚後は、明治三七年から死の前月まで「心の花」にエッセイを連載。他界直前には次の歌を残した。

・やめる身の身をいたはりて春日くれぬ久にあはぬ孫をただに恋ふしみ　「心の花」昭和二三年十月号

最後に、雪子の他界に際しての信綱の高名な挽歌「秋風の家」(歌集『山と水と』)から三首を挙げておく。

・ちさき椅子にちひさき身体《からだ》よせゐたりし部屋をふとあけておこる錯覚　佐佐木信綱

・人いづら吾がかげ一つのこりをりこの山峡の秋かぜの家

・呼べど呼べど遠山彦のかそかなる声はこたへて人かへりこず

信綱の九人の子供(うち一人は養子となり、一人は夭折)の中で「歌の道」を継いだのは、三男にして「八人兄弟の末っ子」(歌集『秋を聴く』あとがき)の治綱だった。その妻が、信綱、治綱亡きあと長く「心の花」の主宰を担った佐佐木由幾である。佐佐木由幾第一歌集『半窓の淡月』巻末年譜から主な項目を拾う。大正三年十一月、大連市にて生る。大正十二年六月、東京に帰る。昭和十二年五月、佐佐木治綱と結婚。昭和十三年十月、幸綱誕生。昭和三四年十月、治綱死去。昭和三八年十二月、佐佐木信綱死去。そしてそののち半世紀、由幾は「心の花」発行に尽力。「特に、七四年に新編集部が出発するまでの十五年ほどは、編集・校正をほとんど一人で切り回してくれた」(「心の花」二〇一一年六月、佐佐木由幾追悼号の幸綱の後記より)。もはや「内助の功」を越えて、「心の花」存続を支えた最大の功労者だった。『半窓の淡月』から引く。

・陽のみてる花野に摘みて首飾り作りくれにし人ありはるか
・死後母に告げむ喜びのひとつにて吾のめぐりに生命《いのち》ほのめく
・後姿《うしろで》の小さくなりゆきしきりなる落花に消えし別れなりしよ
佐佐木由幾

佐佐木由幾には生涯二冊の歌集がある。第二歌集は『一茎の草』である。その後書きが実にいい。文中から佐佐木治綱との馴れ初めを述べた部分を抜粋する。

「ある年、(ピアノの)発表会にあなたはこの曲をもう一人の人と連弾するのですからよく練習するようにと先生から楽譜を渡された。暫くしてその相手と一緒に弾いたが、それ程上手でも下手でもなく真面目な顔をして、いつも不愛想に弾く人であった。それが佐佐木治綱であった」

その佐佐木治綱の第一歌集『秋を聴く』からも作品を引いておこう。

・いそぎいそぐ熱海の海の渚邊はささ波光《て》りて月のさやけさ
・北海の藻草のなかの屍の寒くあらむと云ふ吾妹はも
・リンゲルの痛みに耐へて春の夜の夜ふかき雨を聞きしむ父よ
・さ庭べに落葉積み焚き紅き焔《ひ》を吾子と見てゐる朝の一とき
佐佐木治綱

一首目は母雪子への挽歌の一首。二首目は戦死した義弟鈴木健治への挽歌。「我妹」は妻由幾に他ならない。三首目は父信綱が肺炎に罹患した折の作。四首目の「吾子」は言うまでもなく幼い幸綱である。朝日の中で父と子とがともに一つの焔を見ている。静かな時間の手触りがある。それは無言の、慈愛と信頼の時間である。

佐佐木由幾先生は二〇一一年二月二日に亡くなられた。「心の花」を支え続けた九六年の生涯だった。

佐佐木幸綱は三七歳の時に、十五歳離れた早稲田大学の教え子、畑朋子と結婚した。そのいきさつは次のごとくである。当時幸綱は「早稲田文学」の編集委員をしており、早稲田の教室で、小説を書いている者は読むから持ってきてほしい、良ければ「早稲田文学」に掲載すると宣伝した。「何人かのそんな学生のうちの一人として、朋子がやってきて、話をしはじめるようになった」「何回かデートみたいなのをして、あわただしく結婚しようかと決めた。年が改まって一月か二月にそんな話をして、三月が朋子の卒業式。そのころ、俺はものすごく忙しかったんだよね。三月しか暇がないというんで急いで結婚式をした」（「心の花」二〇一七年四月号、「ほろ酔いインタビュー・佐佐木幸綱交遊録」より）。ちなみに結婚式の仲人は窪田章一郎、披露宴の司会は馬場あき子であった。

私が「心の花」の編集実務に呼ばれて初めて先生のお宅に伺った二十一歳の時、帰りに小紋潤さんと飲み屋に入った。確か渋谷だったと思う。その時、小紋さんから「心の花」で注目している歌人の名前を聞かれて、「ささきともこ」という人の歌はすごく変わっていてよくわからないけれど面白いですねと答えた。小紋さんは大笑いして、さっき本人に会ったじゃないかと言う。「心の花」の誌面で歌を見る「ささきともこ」（当時はひらがなだった）という人が、佐佐木幸綱夫人朋子さんだとはまったく気づかなかったのだった。

佐佐木朋子には現在まで二冊の歌集がある。

・テトリスの画面に積んでは消去するビルの首都の地平線の長さ　　佐佐木朋子『パロール』
・明日は解放される妹の庭で豚たちは昼寝をしている
・あなたは花を売れとぎれとぎれに密告の声が聞こえるここで
・薔薇のそばで爪を塗ればそろそろ薔薇色の夕焼けが始まる
・トランジスタラジオでニュースを聞きながら一日は過ぎる五月革命
・廃墟がみえる都市の窓辺で八月は読み返す〈八月の光〉
・テーブルに折り目正しい朝が居てわたしの飢えは冷ややかである　　『授記』
・みなとみらいどこからもどこまでもメトロノームの時間が見える

時間と記憶。時代の見せる現実と夢。二一歳の私の直観は正しかった。朋子さんは、いま歌壇で大いに注目されている佐佐木頼綱・定綱兄弟の母でもある。現在、

「心の花」選者の一人として、また「心の花」に関する事務全ての責任者として、会員への対応に尽力されている。ちなみに先日、今回私が与えられた「『心の花』の妻たち」というテーマをお話ししたとき、朋子さんは「極道の妻たち」みたいでおもしろいわねとおっしゃったのだった。さすがである。

最後に「妻」を歌った佐佐木幸綱の作品を挙げて稿を置きたい。一、二首目は新婚時代。三首目は第十四歌集より。最後の歌は母・由幾への挽歌である。

・紫陽花のただよう夕べ波雲の愛《うつく》し妻《づま》が言う夏の旅
佐佐木幸綱『火を運ぶ』

・『迷路の本』購《か》い来て熱中せる妻が夜更けて懐妊のことを言い出《い》ず
同

・入院の妻見舞いきぬ　鶴たりし二十歳のころの首立たせ居き
『百年の船』

・妻と来て痩せたる貌の前に立つ臨終《いまわ》の時に間にあわずして
『ほろほろとろとろ』

初出一覧

Ⅰ　鑑賞#佐佐木幸綱

鑑賞#佐佐木幸綱
「歌壇」連載2022年9月号〜2023年8月号

Ⅱ　佐佐木幸綱の世界

出口なし——佐佐木幸綱の初期作品から
「心の花」120周年記念号　2018年7月
佐佐木幸綱の動物の歌
「心の花」2021年9月号
文庫版『群黎』解説
2005年1月　短歌新聞社刊
返答の歌人
「短歌」1995年9月号〈佐佐木幸綱大特集〉

Ⅲ　幸綱作品のバック・ボーン

「心の花」創刊号を読む
「歌壇」2011年12月号
「心の花」を支えた三世代の女性
「短歌」2018年8月号

鑑賞＃佐佐木幸綱

令和六年七月十一日　第一刷

著　者　谷岡《たにおか》　亜紀《あき》
発行者　奥田　洋子
発行所　本阿弥《ほんあみ》書店
東京都千代田区神田猿楽町二―一―八　三恵ビル
〒一〇一―〇〇六四
電話　（〇三）三二九四―七〇六八（代）
振替　〇〇一〇〇―五―一六四四三〇
印刷・製本　三和印刷（株）
定　価　二九七〇円（本体二七〇〇円）⑩

ISBN978-4-7768-1684-3 C0092 (3400)